LE PETIT MONDE DE DON BOUVARDO

DU MÊME AUTEUR

Les Passions du dimanche, éditions de l'Entreprise moderne.
Carnets mondains, La Table Ronde (grand prix de l'Académie de l'humour, 1962).
Madame n'est pas servie, éditions de la Pensée moderne.
Petit Précis de sociologie parisienne, Grasset.
Lettre ouverte aux marchands du Temple, Albin Michel.
Comment devenir animateur de radio sans se fatiguer, éditions de la Pensée moderne.
Un oursin dans le caviar, Stock.
La Cuisse de Jupiter, Stock.
Impair et passe, roman, Stock.
Du vinaigre sur les huiles, Stock.
Et si je disais tout…, Stock.
L'Huile sur le feu, Mengès.
En pièces détachées, Presses de la Cité.
Douze mois et moi, Stock.
Tous des hypocrites sauf vous et moi…, Albin Michel.
Un oursin chez les crabes, Stock.
Les Champions du loto, Presses de la Cité.
Les Grosses Têtes, Atelier Marcel Jullian.
Maximes au minimum, Robert Laffont.
Les fous rires du théâtre de Bouvard, Jean-Claude Lattès.
Le Petit Bouvard illustré, Presses de la Cité.
Je ne l'ai pas dit dans les journaux, Presses de la Cité.
Pas de quoi être fier…, Robert Laffont.
Contribuables, mes frères, Robert Laffont.
Cent voitures et sans regrets, Jean-Claude Lattès.
Les Pensées, Le cherche midi.
Un homme libre, roman, Grasset.
La Grinchieuse, roman, Albin Michel.
Journal de Bouvard, Le cherche midi.
Une pâle ordure, roman, Albin Michel.

(Suite en fin d'ouvrage)

PHILIPPE BOUVARD

LE PETIT MONDE DE DON BOUVARDO

l'Archipel

Notre catalogue est consultable à l'adresse suivante :
www.editionsarchipel.com

Éditions de l'Archipel
92, avenue de France
75013 Paris

ISBN 978-2-8098-4495-5

À Colette,
mon épouse depuis bientôt
soixante-dix ans

Quatre-vingt-six années de journalisme !

Je dis bien quatre-vingt-six. Les souvenirs se bousculent au portillon de ma mémoire. Ce livre dont, en le commençant, je ne sais si l'épaisseur ne l'emportera pas sur la finesse, constituera un testament ou une pré-nécrologie. Ou, plus simplement un rectificatif.

Jusqu'à présent, en effet, la chronologie officielle ne me créditait que de soixante-dix années d'ancienneté professionnelle. Or, en fouillant des souvenirs plus intacts que la paperasserie, je me suis avisé que mon premier journal avait été rédigé à l'âge de six ans. Un magazine strictement familial : six demi-pages roses sorties de l'atelier d'un vieil oncle imprimeur. En fait, quelques lignes destinées à mes grands-parents et à mes parents, au fil desquelles je relatais ma première soirée au cirque sous le chapiteau de Medrano, installé alors dans un immeuble du boulevard Rochechouart, dans le IXe arrondissement parisien où nous gîtions : la découverte, un dimanche après-midi, des fauves, des clowns et des trapézistes volants. Un petit magazine offert à des proches qui avaient eu la bonne idée d'oublier sa gratuité en m'allouant, sous la forme de quelques pièces de monnaie, la première « pige » d'une longue série qui se poursuit encore aujourd'hui pour guère plus cher. Une parution très irrégulière car je n'avais pas grand-chose à raconter et j'ignorais l'art – dont je devais faire mon métier – consistant à imaginer ce que l'on n'a pas vu. Par la suite, usant d'un format identique et de la même couleur rose, j'évoquai la rentrée des classes, ainsi que des vacances en Normandie chez une fille du directeur de ma communale qui accueillait, contre honnête rétribution, quelques écoliers recrutés par son frère sans qu'il fût question de conflit d'intérêts.

Deux années plus tard, et s'ajoutant aux devoirs de français qui me valaient quelques bonnes notes, alors que j'obtenais un zéro qualifié de « pointé » dans les autres matières, je publiai un petit journal ou je traçais le portrait des professeurs. Le tirage ne dépassait pas une dizaine d'exemplaires échangés. Un essai bien vu par l'instituteur, bien qu'il ne figurât pas au programme de la classe.

Après un certificat d'études dont je me plais à dire, avec un retard de huit décennies, qu'il était plus difficile à obtenir que le bac actuel et qu'après l'avoir décroché on pouvait s'arrêter là, j'entrai au lycée Rollin – rebaptisé après la Libération du nom de Jacques Decour, un enseignant qui avait payé de sa vie sa résistance à l'Occupation – en même temps que dans l'équipe de *Decour Éclairs*, une publication mensuelle à laquelle je ne participais que comme vendeur. Non seulement j'écoulais en un temps record la centaine d'exemplaires qui m'avaient été confiés, mais encore j'en réclamais d'autres pour les placer un peu partout dans les boutiques du quartier. Un succès à l'origine de mes premiers ennuis.

Jamais je n'avais eu autant d'argent dans les poches. Or, une fête foraine se tenait en permanence derrière le lycée. Déjà passionné par la conduite, je devins le meilleur client des autos tamponneuses grâce à l'argent du *Decour Éclairs*. Pendant un mois, on me réclama en vain la recette. Et puis, un soir, alors que j'étais déjà couché – mais, de ma chambre, j'entendais tout ce qui se disait dans la salle à manger –, les grands élèves qui dirigeaient *Decour Éclairs* vinrent à la maison. Sans tourner autour du pot, ils révélèrent que j'étais parti avec la caisse. Mon père balbutia quelques excuses, puis remboursa la somme que je m'étais appropriée. Le lendemain matin, alors que je bouclais mon cartable, il m'informa sobrement:

— J'ai rendu à tes camarades tout ce que tu leur avais volé. Tu ne toucheras plus ta semaine habituelle pendant six mois.

Cette histoire me colla à la peau. J'y pensais encore lorsque je fus renvoyé du fameux CFJ, la meilleure école de journalisme de l'époque. On me reprochait d'avoir rédigé – contre espèces sonnantes – les petits articles d'exercice pour le compte de condisciples moins doués mais plus riches. La supercherie avait été éventée rapidement. À cause d'un trop grand nombre de « clients », je n'avais plus le temps de différencier suffisamment ces textes signés d'un autre nom que le mien. Après une rapide comparution devant les professeurs (tous des chroniqueurs chevronnés), je fus invité à aller tenter ma chance ailleurs. J'ai conservé longtemps l'appréciation remise par le directeur en guise d'adieu : « N'est pas doué pour le journalisme. Mais réussira dans les carrières commerciales. »

Quelques mois passèrent. Je trompais ma faim d'écriture en donnant – c'est le mot qui convenait – de petits poèmes à une revue confidentielle. Pour me faire un peu de trésorerie, j'apprenais à lire à des enfants prétendument « retardés », mais qui n'étaient pas moins intelligents que les autres.

Le service militaire tomba à point, puisque grâce à lui je fus habillé, logé et nourri sans bourse délier. Les « classes » de l'armée me parurent plus pénibles que celles du lycée. Dispensé de gymnastique pendant dix ans pour cause de « R.A.A. » (rhumatisme articulaire aigu), ou « maladie de Bouillaud », et soigné au salicylate de sodium, j'avais été déclaré bon pour le service sans jamais avoir porté un poids, disputé une course ou tapé dans un ballon. Comme les conscrits devaient quotidiennement s'entraîner à un « parcours du combattant » consistant à cavaler entre deux escalades d'obstacles, on réservait ma participation pour la fin dans l'espoir, jamais déçu, de divertir mes camarades.

Manquant de muscles mais pas de méninges, je compris très vite que lorsque je serais rentré dans le rang, il serait prudent d'en sortir sans attendre en dénichant un emploi plus civil que militaire. En moins de vingt-quatre heures, je trouvai la solution sous la forme d'un journal mensuel que je me proposais de créer et de confectionner. L'idée plut d'emblée au chef d'escadron commandant le groupe de transport 385 stationné dans le Palatinat. J'avais demandé et obtenu de servir en Allemagne, afin de me venger de la Shoah et de l'Occupation. En réalité, après avoir fait descendre du trottoir quelques Teutons, j'infligeai les derniers outrages – c'étaient rarement les premiers – à des Gretchen moins farouches que leurs ascendants.

Le titre du magazine s'imposa en quelques minutes : *Kléber Digest*, du nom de la caserne qui nous hébergeait à Kaiserslautern. Le choix des rubriques ne présenta pas plus de difficultés : interview du chef de corps ; récit des manœuvres qui venaient de commencer et auxquelles je ne participais plus qu'en qualité d'observateur ; « choses vues » dans les dortoirs, dans les cuisines et au réfectoire ; arrivée d'un nouveau contingent.

Le premier numéro fit un tabac chez des jeunes gens auxquels l'État offrait, en plus d'une solde modique, huit paquets de cigarettes cancérigènes par mois.

Premier destinataire, le général Navarre, qui dirigeait la division, fit connaître sa satisfaction en félicitant mon commandant et en me nommant à titre exceptionnel maréchal des logis, alors que je n'avais effectué aucune préparation pour devenir sous-officier. Parallèlement, on m'offrit un petit logement en ville et la disposition permanente d'une Jeep décapotable. De surcroît, on m'accorda le droit de me rendre trois jours par mois à Paris pour faire imprimer le journal. J'en revenais avec de belles épreuves et une jolie note de frais. Qu'importe, puisque je bénéficiais d'un coquet budget acquis au prix d'une manigance originale. Lorsque, tous les six mois, une nouvelle classe de conscrits débarquait, je les attendais à la sortie de la visite médicale préludant à leur habillement. Émergeant tout nus de l'examen, leur porte-monnaie à la main, ils ne pouvaient que souscrire à un abonnement.

Sans doute ne vous étonnerai-je pas en avouant que ces quinze mois (j'étais parti pour douze) furent les plus heureux de ma vie. Élégamment vêtu, grâce à mon tailleur de père, d'un uniforme fantaisie sur les manches duquel mon galon d'argent tout neuf faisait merveille, copieusement nourri (cent grammes de viande crue nappée de beurre d'escargot au petit déjeuner), sans autre obligation que de sortir tous les mois mon journal, je fus tenté, comme beaucoup d'autres camarades, de « rempiler », c'est-à-dire de tourner le dos à la vie civile.

Le désir de retrouver ma famille et mon pays l'emporta finalement, mais au prix d'une véritable galère : impossible, faute de diplômes et de formations, de trouver un emploi. D'autant que je m'obstinais à vouloir faire carrière dans la presse. Ma pauvre mère se souvint alors qu'elle avait passé sa jeunesse au 45 de la rue de Maubeuge, dans le même immeuble que les frères Lazareff. Eux, sur la rue et avec un bel escalier ; elle, sur la cour et sans ascenseur. Rendez-vous fut pris avec celui que l'on appelait « Pierrot les bretelles » car, peu soucieux de son apparence, il recevait tout le monde en bras de chemise. C'était à la fois un personnage de légende et un petit rouquin aux trois quarts chauve, pas très séduisant. Heureusement, dès qu'il avait ouvert la bouche, on était conquis par l'intelligence de ses propos.

Apparemment ravi de retrouver ma génitrice, Lazareff prit tout son temps pour m'interroger sur mes études et mon *curriculum vitæ*. L'évocation d'une passion qui ne m'avait pas quittée depuis l'enfance, mes journaux scolaires puis régimentaires, ne le séduisirent pas. Eu égard à mes trois échecs au bac et à mon renvoi du CSJ, il me conseilla, lui aussi, de m'orienter plutôt vers le commerce. Sans doute se repentit-il quelques années plus tard, lorsque je devins une « signature » du *Figaro*, car il m'invita alors régulièrement à déjeuner tête à tête. Des repas dont je revenais plein d'enthousiasme et d'idées.

Puis il tomba gravement malade. Je ne le voyais plus qu'au feu rouge, en haut des Champs-Élysées, écroulé sur la banquette arrière de sa limousine, tandis qu'une infirmière essayait de le réconforter avec une piqûre. C'est seulement au lendemain de sa disparition que je fus embauché par *France-Soir*, dont je devins ensuite le patron. Imaginez mon émotion lorsque je m'installai dans le bureau où il m'avait reçu…

Figaro-ci, *Figaro*-là

À vingt et un ans, je n'avais toujours aucune situation ni même une perspective.

Mon uniforme fraîchement galonné, j'étais presque quelqu'un. Redevenu civil et chômeur, mais sans chômage, je n'étais plus personne. Désespéré, je songeais à m'engager pour aller combattre en Indochine. Les Viets n'avaient qu'à bien se tenir ! Un projet insensé qui vint aux oreilles de l'un de mes meilleurs amis, Pierre Gabaye, premier grand prix de Rome de musique, excellent organiste et virtuose du piano jazz. Or il avait pour père Maurice Gabaye, administrateur général du *Figaro*.

À l'époque, *Le Figaro* occupait un somptueux immeuble sur le rond-point des Champs-Élysées. C'était à la fois le quotidien le plus vendu et un journal de référence que l'on étudiait dans les universités et que l'on adressait à toutes les ambassades représentant la France à l'étranger.

L'entrevue avec Maurice Gabaye dura dix minutes pendant lesquelles je ne dis pas un mot, tandis que mon interlocuteur traçait les contours de mon avenir immédiat : un poste de garçon de courses au service photos pour un essai limité à quinze jours, puis la porte si je ne donnais pas satisfaction. Je resterai vingt-deux ans au *Figaro*, que je quitterai avec le titre de directeur général adjoint.

Ma première mission consiste à acheter puis à rapporter les bouteilles indispensables au soutien du moral des photographes, tous très alcoolisés. Pour ce faire, et parce que les liquides dépassant 8 degrés sont formellement prohibés, j'enfile un vieil imperméable, bien trop grand mais qui a le mérite de dissimuler les litres de pastis que j'introduis frauduleusement dans la forteresse bourgeoise de la sobriété. Ma tâche, officielle celle-là, consiste en la préparation du « bain » dans lequel on plonge les pellicules des reporters. L'apparition progressive de l'image s'opère grâce à une mixture nauséabonde qui pique les yeux et provoque des éternuements.

Accessoirement, je sers de secrétaire à ceux que j'appelle respectueusement « ces messieurs ». Ainsi prends-je note des rendez-vous galants et des propositions de rachat de photos en provenance de tous les pays. Le service est dirigé par Pierre Manevy, un grand professionnel ayant « couvert » autant de guerres civiles que de mariages princiers. Il est marié à une Anglaise considérée comme une vedette du Leica. Quand Manevy est absent, Maurice Le

Chapelain le remplace. C'est un petit bonhomme aussi large que haut dont la passion se manifeste moins pour la photo que pour la secrétaire du chef du personnel, une dame accorte et très courtisée nommée Messeyer, dont on prétend que la devise est « m'essayer, c'est m'adopter ».

Un jour, cet éternel soupirant tombe malade. Il me revient alors de descendre au secrétariat de rédaction, chargé de la mise en page des clichés susceptibles d'illustrer l'édition. On m'accueille à bras ouverts. Il faut dire qu'à l'époque – hélas ! cela a bien changé depuis – on rivalise d'attentions afin d'aider les jeunes, pour peu qu'ils soient sympathiques et assez démangés par une vocation pour gratter leurs heures sans compter. Les secrétaires de rédaction, qui ont presque tous le titre de rédacteurs en chef adjoints, doivent flairer en moi le futur rédacteur car, quand je leur propose de les délivrer du pensum des légendes, ils acceptent d'emblée. Mon indispensabilité s'accroît donc, puisque à la transmission des documents s'ajoute désormais le libellé de textes très courts, mais qui, au gré de l'importance des sujets et de la richesse de mon inspiration, s'allongent parfois. Au lieu de me faire une remontrance, on me dit un jour : « Tu as fait un véritable article. Tu vas le signer. » Je crois que mon parcours a véritablement commencé à ce moment-là. Le ver était dans le fruit. Il le grignote encore soixante-dix ans plus tard.

C'est la fin de l'année. Je suis invité – ou toléré, je ne sais plus bien – à assister aux vœux du grand patron. Il y a foule dans le bureau ovale qui sert de salle du trône au tout-puissant souverain dont je distingue à peine la silhouette occultée par une haie d'académiciens. En revanche, je perçois très bien la première phrase du discours. Une phrase que je n'entendrai plus jamais prononcer: « Mes chers amis, nous sommes acculés à la prospérité! » Quelques chiffres suivent, relatifs aux ventes qui progressent sans cesse et à la publicité si abondante que l'on doit en refuser une partie.

Trois jours plus tard, on m'avise que je dois quitter le service photo. Non que j'aie démérité, mais parce qu'un petit strapontin de rédacteur stagiaire vient de se libérer dans la salle des informations générales. Les photographes me félicitent. Pour fêter l'événement, je vais jusqu'à tremper mes lèvres dans leur pastis.

Le local dévolu à mon nouveau service, qui traite – outre les faits divers – tout ce dont se désintéressent les autres rubriques et qui est néanmoins susceptible d'intéresser les lecteurs, est le plus spacieux du journal. Une vingtaine de petits bureaux y sont disposés, surmontés généralement d'un téléphone, d'une pile de dossiers et d'une bouteille d'encre – car les journalistes sont encore des plumitifs. Le chef des informations se fait appeler Jean-Jacques. Il est assez petit, mais son autorité est grande, puisée à la fois dans un passage très réussi à *L'Écho de Paris* et dans une bravoure guerrière qu'atteste une boutonnière bien garnie.

Jean-Jacques nous surveille tous depuis une table de travail installée à la porte du bureau voisin où Georges Ravon tantôt écrit, tantôt somnole. Voilà dix ans déjà que Ravon signe le billet quotidien au rez-de-chaussée de la première page. Ainsi est-il devenu le moraliste le plus lu et le plus cité. Chaque jour – sauf le dimanche – il trousse, à propos d'une actualité plus ou moins sérieuse, une quinzaine de lignes s'achevant par une chute drolatique dont il a le secret. Deux personnes seulement sont admises à lui rendre visite : d'abord, une admiratrice à la gorge pigeonnante et à la jupe aussi courte que les billets de celui que l'on dit son amant ; ensuite, le doyen des informations générales, nommé Marcel Tartarin. Ses rares cheveux ont blanchi sous le harnais de la presse quotidienne. Il passe ses journées à découper dans les quotidiens de province des articulets qu'il juge de nature à exciter la verve de Ravon. Au douzième coup de midi, il extrait d'un sac en toile cirée une pomme qu'il fait briller avec son mouchoir, avant de la découper en petits quartiers. On ne sait rien de lui, sinon qu'il vit avec sa sœur jumelle dans une banlieue assez lointaine. Une fois par an seulement, il signe un article sur la culture des hortensias, sa seule passion connue. Vingt lignes qui lui assurent le renouvellement de son statut professionnel et de la carte qui va avec.

Membre le plus aristocratique du « club des un mètre soixante », Jean de Castellane explique volontiers qu'il doit le privilège d'un bureau près de la fenêtre au fait qu'il descend des Croisés. Robert Bruyez, grand reporter affecté aux petites affaires, est le plus soigneux. Tiré lui-même à quatre épingles, il rédige ses papiers à l'aide d'une plume Sergent-Major préalablement nettoyée, après avoir disposé un buvard en guise de sous-main sur les feuilles de papier rose que noircissent tous les collaborateurs du *Figaro*.

Dernier venu, je n'ai droit qu'à un tabouret et à une planche posée sur deux tréteaux. Mon bizutage consistera à mettre en forme durant plusieurs semaines les accidents de la route pour varier un peu leur rédaction car ils ne s'assortissent que de l'identité des victimes et de la marque des véhicules, si leur fabricant n'est pas intervenu pour nous demander d'omettre cette précision. La tâche est rude. Heureusement, un autre stagiaire arrive, auquel je transmets cette rubrique mortifère dont se délectent, paraît-il, les vivants.

Je peux donc partir en reportage. Pas très loin. Il s'agit d'une tentative d'assassinat dans un immeuble cossu de la rue Rochechouart. *L'Aurore*, concurrent du *Figaro*, a délégué un blanc-bec nommé Jacques

Médecin, fils du maire de Nice, avec qui je vais nouer des liens très cordiaux. Au point que, bien plus tard, émigré au Paraguay après quelques ennuis judiciaires, il ne manquera jamais de venir me voir lorsqu'il reviendra clandestinement à Paris. Devenu ministre du Tourisme, à ce titre et pour les besoins d'un rapport officiel, il effectuera une tournée européenne des maisons closes.

Je dois avouer que je ne suis pas très à l'aise dans ces faits divers peuplés de bons policiers et de mauvais garçons. Louis Chauvet, à la fois critique de cinéma et chef du service des spectacles, me prend sous son aile. Le soir, nous allons souvent boire un verre au Carroll's, un cabaret sur la piste duquel se déhanchent les plus charmantes lesbiennes. L'actrice mexicaine Maria Félix est la grande prêtresse de ce culte uniquement concélébré par des desservantes. Chauvet se passionne pour ces femmes qui n'aiment pas les hommes. Il finira par en épouser une qui le rendra très fier et très malheureux.

Sous son autorité, j'interviewe pour la première fois des artistes. Je dois souvent tirer à la ligne afin de consacrer des articles très longs à des talents très courts. Et puis, un jour, se présente ce que je crois être une aubaine que jalouseront tous les confrères, sous la forme d'un entretien avec Sacha Guitry. Cela fait bien deux décennies que Guitry est fâché avec *Le Figaro*, au grand dam des lecteurs pour lesquels l'auteur-acteur de *Mon père avait raison* est le digne successeur de Molière. Guitry ne pardonne pas à Pierre Brisson d'avoir, lorsqu'il était critique dramatique, éreinté ses premières pièces. Cette fois, pour lui faire accepter la perspective d'une réconciliation, l'émissaire du quotidien honni a usé d'un nouvel argument : s'il refuse de recevoir le benjamin de la rédaction, celui-ci, encore en stage, sera renvoyé. Sacha, qui a parfois autant de cœur que d'esprit, a accepté. Rendez-vous est fixé une fin d'après-midi, au théâtre où il répète son prochain chef-d'œuvre.

Afin de mieux connaître le personnage, je me renseigne. Sacha est le fils de Lucien, un comédien très célèbre. Comme moi, il a été renvoyé de tous les lycées et se vante de n'être pas bachelier. Il a épousé puis répudié quelques actrices de renom, avant de convoler avec une jeune femme anonyme qui l'a abondamment trompé.

J'arrive – très en avance – au théâtre. Stéphane Prince, son secrétaire, m'accueille et me chapitre sur le mode d'emploi d'un génie dont la simplicité n'est pas la qualité majeure : « Appelez-le "maître". Il ne supporte pas d'autres vocatifs. » La reprise de contact souhaitée et redoutée peut enfin avoir lieu. On me place au premier rang des fauteuils d'orchestre. Guitry est sur la scène, assis dans un profond fauteuil, le chef couronné d'un large feutre, un collier d'ambre autour du cou. La manche gauche de sa chemise rose descend jusqu'à la phalange où scintille une chevalière aussi grosse qu'un coup-de-poing américain, tandis que la dextre s'appuie sur une canne à pommeau d'argent en guise de sceptre. Ses premiers mots me laissent pantois :

— Alors c'est vous, jeune homme, que *Le Figaro* envoie pour m'assassiner ?

Je tente de protester :

— Mais non, monsieur !

Guitry prend à témoin son secrétaire et les machinistes qui s'affairent un peu plus loin :

— Vous voyez, ça commence. Il m'appelle "monsieur" !

Après quoi, il tourne les talons. Négociateur maladroit d'un traité de paix raté, je regagne le journal sans avoir pu prendre une seule note, alors que j'ai rencontré le plus disert des contemporains. Je ne le reverrai que sur le tournage d'un film. Pour parvenir enfin à publier un article sur lui, j'ai eu l'idée saugrenue de me faire engager comme figurant de sa prochaine fresque historique. Comme je suis censé incarner un soldat autrichien, on m'a habillé d'un uniforme trop grand et équipé d'un fusil que je tiens maladroitement. Avant le premier tour de manivelle, le maître passe d'un bon pas la revue de ses troupes avant de s'arrêter devant moi et de dire en me désignant au régisseur qui l'accompagne :

— Non, pas celui-là, il est ridicule !

Parce que j'ai la réputation (justifiée) d'adorer le théâtre, on me nomme « soiriste ». Ma nouvelle spécialité consiste à rendre compte de l'accueil réservé à un spectacle. J'assiste donc aux répétitions générales et aux premières représentations avec pour instruction de téléphoner – avant minuit – pour faire un compte rendu d'ambiance. Des articulets très attendus car ils préludent aux critiques du redoutable Jean-Jacques Gautier. Usant d'un style qui s'affranchit peu à peu de la prudence, je décris les triomphes – les quarante minutes d'applaudissements ayant salué les débuts de *Patate*, une comédie de Marcel Achard – et les échecs, tel celui infligé à une comédie de Jacques Deval, dramaturge ordinairement plus heureux. Suit naturellement une critique aussi acide de Gautier. Mais c'est du pauvre petit soiriste que se plaint Deval à la direction du *Figaro*, l'accusant de ne tremper sa plume dans les encriers aimables que contre rétribution. Aussitôt, Pierre Brisson déclenche une enquête. On examine mon compte en banque, on reconstitue mon train de vie. Sans rien trouver d'anormal et donc de répréhensible. Je reviens de loin.

Ces déconvenues auraient pu compromettre mon ascension professionnelle. Il était urgent qu'en haut lieu on me connût mieux et que l'on me fît davantage confiance. Là où mes chefs de service n'avaient diagnostiqué que de la bonne volonté, peut-être mon grand patron subodorerait-il une amorce de talent? Mais comment solliciter de lui une entrevue, alors qu'il ne devait même pas savoir que j'existais? Tout le monde l'appelait

« P. B. », plutôt que par son patronyme hérité d'une famille de littérateurs et de conférenciers. C'est afin d'éviter toute méprise que, sur mes chemises, était désormais brodé : « Ph. B. »

Vivant, « P. B. » était déjà entré dans la légende. Non seulement il dirigeait d'une main de fer gantée de velours le journal le plus fameux, mais encore il faisait et défaisait les gouvernements, les élections à l'Académie française (tout en refusant obstinément d'en faire partie lui-même), transmettait trois fois par an à la Grande Chancellerie de la Légion d'honneur la liste de ses collaborateurs méritants qu'il souhaitait voir décorer. Marié puis séparé de la comédienne Yolande Laffon qui lui avait donné un fils – Jean-François, ex-champion olympique dont il avait fait le rédacteur en chef adjoint du *Figaro* –, il ne se passionnait plus que pour les éditions originales. Dans son appartement du boulevard Delessert (occupé depuis lors, je crois, par Édouard Balladur), il passait de nombreuses soirées dans sa bibliothèque à manipuler sur des peaux de chamois les livres rares qu'il avait disputés aux musées. Figurant parmi les hommes les plus cultivés, « P. B. » laissait conduire sa voiture de fonction par Benoît, un brave analphabète qui dénaturait les formules les plus courantes, disant « j'ai roulé comme un bol vide » et « il riait à gorge d'employé ».

Au bout d'une semaine de réflexion, je mis au point une stratégie pour aborder l'inabordable.

J'avais remarqué que « P. B. » était un homme d'habitudes. Chaque soir à 18 heures, c'est-à-dire tout de suite après le comité de rédaction qu'il avait présidé, il passait de son bureau aux tinettes directoriales qui le jouxtaient. Une première observation m'avait révélé qu'il déversait toujours dans la même vasque le trop-plein de sa vessie. La suite avait été un jeu d'enfants. Cinq minutes avant son arrivée, je me postais à côté de son urinoir préféré. Après cinq jours de ce manège exigeant de ma part une certaine patience car je satisfaisais plus rapidement mes besoins que lui, il m'avait demandé : « Est-ce que vous travaillez ici ? », comme si des usagers œuvrant ailleurs avaient pu venir se soulager dans le saint des saints. Au bout d'une semaine, j'étais parvenu à lui faire savoir que je travaillais bien au *Figaro* et que j'étais passionné par le journalisme. Intéressé, « P. B. » m'invita un soir à poursuivre la conversation dans son bureau. Cela devint un rituel. Un jour, il me posa enfin la question que j'attendais :

— Qu'aimeriez-vous faire ?

Ma réponse avait été longuement mûrie :

— Je souhaiterais expliquer à nos lecteurs comment on vit dans la demi-douzaine de pays qui ont commencé à constituer l'Europe.

Il acquiesça tout de suite :

— C'est une bonne idée, je vais en parler au rédacteur en chef.

Quelques jours plus tard, à la surprise des grands reporters, le petit rédacteur partait enquêter à Londres, à Bruxelles, puis dans les pays scandinaves. La série, qui mélangeait politique, social et vie quotidienne, fut bien accueillie. Quand elle fut terminée, « P. B. », que je retrouvais désormais en me rendant directement dans son bureau, m'avisa que Maurice Tillier, directeur de la rubrique parisienne à laquelle je donnais parfois des échos, prenait sa retraite. J'acceptai avec enthousiasme de lui succéder, mais en émettant le vœu de disposer de toute la dernière page du journal. La nouvelle rubrique s'intitulait « Vingt-quatre heures par Philippe Bouvard ». En dessous, un encadré citait les noms des collaborateurs qui avaient écumé tous les petits événements de la capitale. À l'aide des notes de mon équipe, je pondais chaque soir quatorze feuillets découpés en une dizaine de gros paragraphes surmontés chacun d'une petite pendule indiquant l'heure à laquelle s'étaient déroulés le cocktail, la conférence, l'inauguration ou la soirée estimés dignes d'intérêt. Il s'ensuivit plusieurs années d'une épuisante collaboration, mais aussi une petite notoriété qui devait me permettre de travailler également à la radio, puis à la télévision.

À la veille de mes trois décennies et demie d'âge, « P. B. » me demanda quel cadeau d'anniversaire me ferait plaisir. J'osai lui répondre : « Je voudrais un chauffeur », justifiant cette demande par les travaux forcés auxquels j'étais quotidiennement astreint. Il parut d'abord un peu embarrassé :

— Nous ne sommes que trois au journal à bénéficier de ce confort. Laissez-moi réfléchir.

Les deux autres étaient Louis Gabriel-Robinet, le rédacteur en chef, qui devait plus tard prendre le relais de Pierre Brisson, et Henri Masson-Forestier, le grand maître de la publicité, mystérieux et si fuyant que personne ne pouvait se vanter d'avoir croisé son regard.

Mon souhait fut exaucé. J'eus droit à un chauffeur. Je l'ai conservé pendant cinquante-quatre ans en changeant périodiquement les mains qui tenaient le volant.

La propriété du *Figaro* – titre, fonds de commerce et immeuble – était alors détenue par Léon Cotnaréanu, un vieux gigolo roumain dont la richissime épouse avait disparu en lui laissant le magot. Cotnaréanu assistait ponctuellement à tous les conseils d'administration, mais on faisait seulement semblant de solliciter son avis. À côté de lui siégeait l'académicien Jacques de Lacretelle dont certaines mauvaises langues amputaient le patronyme de sa particule en le féminisant. Une réputation sans doute injustifiée car ce géant avait épousé par amour une quasi-naine qui le menait par le bout du nez.

Côté rédaction et sous la houlette facétieuse de Louis Gabriel-Robinet, dit « L. G.-R. », grand amateur de contrepèteries, œuvrait Marcel Gabilly, chef du service politique, catholique fervent qui avait fait une fois le pèlerinage romain pour baiser l'anneau du Saint-Père et qui tutoyait plusieurs cardinaux. Venaient ensuite les frères Massip : Roger, le responsable de la politique étrangère, qui connaissait personnellement tous nos ambassadeurs, et Yves, responsable de l'achat des documents qui remplissaient rituellement la cinquième page.

Dans le hall, derrière un comptoir, trônait un autre personnage important : Edmond, responsable des cyclistes et des visiteurs. Alerté par téléphone de son arrivée, il immobilisait un ascenseur pour que « P. B. » ne l'attendît pas. On savait d'ailleurs toute la journée qu'il l'avait emprunté car il laissait une fragrance tenace de parfum musqué.

En 1964, Jean Prouvost devint président de la société fermière du *Figaro*. On l'appelait « J. P. » – les initiales étaient décidément à la mode – et il avait d'abord fait fortune dans l'industrie textile, puis, à cinquante ans passés, il était tombé amoureux de la presse dont il était devenu très vite le principal rénovateur. On lui doit la création, entre autres, de *Paris Match*, de *Marie-Claire* et de *Télé 7 Jours*. C'était un personnage fascinant qui, sans aucune expérience, expliquait aux vieux professionnels comment donner le meilleur éclairage à l'actualité. On ne comprenait goutte à ses conseils, mais on les appliquait fidèlement et la réussite couronnait les efforts en quelques mois. À plus de quatre-vingts ans, il avait fait emplette de

RTL, alors qu'il était affligé de surdité et qu'il refusait de s'appareiller, disant : « Pourquoi ferais-je cette dépense, puisque ceux qui ont quelque chose à me demander parlent toujours plus fort ? » Il m'avait, comme on dit vulgairement, « à la bonne » et m'invitait souvent pour le week-end dans sa propriété solognote d'Yvoy-le-Marron, la commune dont il était maire. Après la chasse, j'applaudissais hypocritement – car je suis un ardent défenseur de la cause animale – le « tableau », c'est-à-dire l'étalage du gibier défunt qu'on offrait ensuite aux hôpitaux et, après le repas, j'assistais discrètement à la partie de cartes qui l'opposait au président Pompidou.

Un jour qui n'était pas le meilleur, il eut l'ultime idée de lancer un *Figaro-dimanche*. Il m'en confia la direction. Avec une trentaine de journalistes, je tentai d'élaborer cet hebdomadaire qui ne parut jamais car « J. P. » avait atteint l'âge où l'on a encore des projets, mais où on ne les réalise plus. Je décidai donc de quitter *Le Figaro* sans savoir où j'irais. Les adieux furent émouvants, ponctués de champagne et d'embrassades.

Le lendemain, à tout hasard, je téléphonai à Jean Méo, que je venais de rencontrer dans un cocktail. Méo, polytechnicien de formation, avait travaillé avec le général de Gaulle, avant de devenir patron pétrolier, puis de prendre la présidence du groupe Franpar. La conversation fut brève mais constructive :

— Je viens de quitter *Le Figaro*.
— Vous entrerez lundi prochain à *France-Soir*.
Puis, s'étant enquis de mon salaire, il dit :
— Je double.

Dans le fauteuil de Lazareff

France-Soir occupait rue Réaumur un immeuble plus banal mais bien plus vaste que celui du *Figaro* aux Champs-Élysées. Responsable des échos, je logeais sous les toits, avec mes collaborateurs, dans un local glacial l'hiver et torride l'été. Avant d'accepter, j'avais eu plusieurs fois au téléphone le préfet de police, André-Louis Dubois, que je connaissais bien et qui vivait maritalement avec la journaliste dont on me proposait de reprendre la rubrique : Carmen Tessier, *alias* « la commère ». Dubois avait essayé de me décourager :

— Ça serait très mauvais pour elle, évidemment, mais aussi pour vous, qui étiez directeur adjoint du *Figaro*, de redevenir échotier.

Il m'avait prévenu de surcroît que je me retrouverais tout seul car tous les collaborateurs de Carmen allaient la suivre. Enfin, il avait insisté sur l'aggravation du mauvais état de santé de celle-ci, depuis qu'il était question de son départ et de mon arrivée.

Or, Dubois se trompait au moins deux fois. D'abord, *France-Soir*, qui tirait à cinq cent mille exemplaires, était un journal presque aussi important que *Le Figaro*. Ensuite, seul le fils adoptif de Carmen démissionna, les autres se montrant plus attachés à leur emploi qu'à leur employeuse. Quant à mon nouvel adjoint – Jacques Ghisloli –, il avait été durant quelques mois mon condisciple au CFJ. J'ajoute qu'en dépit de la menace de ne plus disposer des contacts privilégiés que valaient à Carmen son ancienneté professionnelle et ses liens avec une personnalité de haut vol, je trouvai toutes les portes ouvertes.

La rubrique qu'amorçaient dès la première page ma photo et un gros écho n'était ni meilleure ni pire que « Les potins de la commère ». Je suis conscient cependant que, quoique demeuré très populaire, ce type de journalisme est un peu usé, puisqu'il s'agissait – en fait – d'évoquer les épisodes le plus souvent mineurs de l'existence de personnalités n'ayant d'autre mérite que de vouloir faire parler d'elles. Je livrais donc aux lecteurs moins de petits secrets que d'autoconfidences.

Cinq années passèrent sans gros problèmes. Hélas ! j'appris un soir avec tristesse que, ne supportant plus la solitude et l'anonymat, l'infortunée « commère » s'était défenestrée du haut de son pigeonnier parisien. Quatre décennies plus tard, j'éprouve toujours le remords d'avoir commis une mauvaise action. Mais je suis contraint d'avouer que, si c'était à refaire, je referais exactement le même parcours.

À l'époque, je me partage entre les journalismes quotidien et hebdomadaire, mais aussi entre la radio et la télévision. Le chauffeur que *Le Figaro* avait mis à ma disposition m'a suivi. C'est un grand rouquin qui a bourlingué pendant vingt ans comme steward sur les navires de croisière. Il en a conservé une démarche chaloupée et une débrouillardise à toute épreuve. Ainsi, tandis que je travaille dans les étages, fait-il visiter au rez-de-chaussée, moyennant quelque monnaie, la voiture-bureau conçue pour que j'y poursuive confortablement mon labeur : deux lignes de téléphone, un téléviseur, une radio, un lecteur de disques et une tablette actionnée électriquement pour faire office de table de travail. Les trois fenêtres de mon habitacle roulant sont équipées de petits rideaux taillés dans le même velours que celui de ma banquette transformée en lit quand, la nuit, je reviens d'un enregistrement ou d'une conférence. Enfin, une vitre me sépare du chauffeur. La première fois que je l'ai véhiculé, Michel Audiard m'a demandé :

— Il est contagieux, ton Fangio ?

Chacun de mes chauffeurs avait sa particularité. L'un, très snob, lisait ostensiblement le fascicule (en anglais) de Rolls-Royce lorsqu'il m'attendait, alors qu'il conduisait une Renault. Un autre n'allait jamais faire le plein sans laisser sur le trottoir un morceau de phare ou de carrosserie. Enfin, plus sensible au charme féminin qu'au respect du Code de la route, un dragueur détournait son regard du pare-brise chaque fois que nous croisions une jolie fille.

À Jean Méo qui, pour cause d'insuffisance des dividendes, avait revendu *France-Soir*, succéda Robert Hersant, surnommé « le papivore ». Très jeune, il avait créé avec son frère *L'Auto-Journal*. Puis, il avait collectionné les quotidiens parisiens et provinciaux. *France-Soir* était sa dernière acquisition et son principal souci car la vieille équipe, toujours aux commandes, ne satisfaisait pas ses souhaits de changement. J'ignore qui lui en avait soufflé l'idée, mais, assez rapidement, il envisagea de me confier la direction du journal. Pour mieux me connaître, il m'invita durant toute une semaine à des petits déjeuners servis dans son quartier général de l'avenue Matignon. Entre toasts et brioches, je dus répondre à ses questions concernant ma conception du journalisme, mes projets d'avenir, mais aussi le regard que je portais sur mon passé. Le sien lui collait encore à la peau, et lui avait valu quelques ennuis à la Libération, ce que ses méchants confrères du *Monde* ne manquaient jamais de rappeler chaque fois qu'ils citaient son nom. Qu'importe : « R. H. » était un grand charmeur qui en savait plus long sur ses contemporains que ceux-ci sur lui-même.

Après un mois de conversations et de réflexions, ma double promotion fut annoncée. Non seulement je prenais la direction de la rédaction la plus pléthorique de France, mais j'avais droit également au titre de directeur général adjoint, ce qui me donnait autorité sur la publicité, principale mamelle de *France-Soir*. Afin de faire prospérer cette dernière en augmentant les budgets que lui consacraient les annonceurs, je fourbis une méthode de séduction : déjeuners dans la salle à manger du septième étage (à ciel ouvert pendant la belle saison) ; bonne chère et bons vins ; café, liqueurs et cigares dans mon bureau ; visite guidée de la salle de rédaction et de l'imprimerie.

Je me souviens fort bien de mon investiture. Après quelques mots, « R. H. » se retira tandis que je m'adressais à ceux que j'allais appeler désormais « mes journalistes ». Dans une allocution minutieusement préparée, mais ayant toutes les apparences de l'improvisation, j'évoquai « notre passion commune pour le plus beau des métiers », le rayonnement et la puissance de notre quotidien et la nécessité de le faire progresser en qualité et en ventes. J'annonçai, quotidien oblige, l'essai d'une nouvelle rubrique chaque jour. Je terminai en rendant hommage à un illustre prédécesseur, Pierre Lazareff, que j'avais bien connu et beaucoup admiré. Dix minutes plus tard, je prenais place dans son fauteuil, avec l'espoir de lui ressembler. D'où les lunettes rejetées sur le front lorsque, entre deux lectures d'articles, il prétendait scruter le monde entier. Parallèlement, il était le conseiller politique très écouté du président Pompidou et il avait créé « Cinq colonnes à la Une », l'émission de télévision la plus suivie. Sur son bureau était encore posée la timbale garnie de crayons de toutes les couleurs. Au *Figaro*, le crayon vert de Pierre Brisson était à la fois fameux et redouté car il barrait d'un trait rageur les « papiers » refusés et servait aussi parfois, quand il avait apprécié ma prose, à inscrire : « C'est du bon Bouvard. » Suivait le montant d'une prime que j'allais toucher immédiatement à la caisse.

France-Soir était la plus importante entreprise du quartier, avec huit cents salariés auxquels s'ajoutaient les vendeurs à la criée qui proposaient aux passants quelques-uns des cinq cent mille exemplaires tout juste émoulus des rotatives. Robert Hersant n'exerçait pas lui-même la présidence du journal. Il l'avait confiée à son fils Jacques, un grand garçon filiforme, intelligent et aimable, mais qui, pour oublier la personnalité écrasante du père, avait tendance à abuser de la dive bouteille. Ainsi revenions-nous en titubant de nos déjeuners dans un bistrot de la rue des Petits-Carreaux. Lui, parce qu'il avait éclusé plus que de raison le beaujolais dont il raffolait ; moi, parce qu'il s'appuyait sur mon épaule pour conserver l'équilibre. Un manège qui eut pour effet de propager une rumeur me créditant du même penchant que mon président. Je fus contraint de faire savoir presque publiquement que je ne buvais jamais une goutte d'alcool.

Il faut croire que je ne suis pas trop paresseux, puisque mes meilleurs souvenirs professionnels sont liés à mes travaux les plus forcés. Levé à 6 heures (alors que je suis un gros dormeur), habillé à la diable, je me rasais en voiture en parcourant les journaux. Quelques instants plus tard, je dirigeais la « conférence » à laquelle assistaient les rédacteurs en chef, les chefs de service et les reporters vedettes. Ensemble, nous arrêtions le sommaire des différentes éditions qui sortiraient toutes les trois heures de l'imprimerie – un lieu et des techniciens que je n'avais plus le loisir de fréquenter, comme je le faisais au *Figaro*. Les « protes », comme s'intitulaient les typographes, constituaient une élite ouvrière chaleureuse. Chaque fois qu'un journaliste, estimé sympathique, descendait au « marbre », il était gratifié d'un « à la ! » – traduisez « à la santé du confrère », c'est-à-dire une tournée générale que le visiteur était prié de financer.

La technique, elle, n'avait guère progressé depuis Gutenberg. La composition n'était encore qu'un assemblage de caractères et de photos en relief. Quand on avait besoin d'une « épreuve », on ne recourait pas encore à la photogravure, mais à la « brosse » que l'on appliquait sur les feuilles avant d'assortir celles-ci d'un « bon à tirer » lorsqu'elles étaient correctement maculées. Je n'ai jamais oublié l'émotion éprouvée en passant un doigt fureteur sur les lettres de plomb composant mon nom, les premières fois où il apparut en première page entre le titre et le texte d'une chronique réservée longtemps aux académiciens.

Si l'atmosphère de l'atelier était joyeuse, la santé des « typos » laissait souvent à désirer car le plomb qui servait de matériau de base provoquait une maladie, le saturnisme, que l'on soignait difficilement. Le chef d'atelier, lui, se reconnaissait à la blouse blanche que presque tous les techniciens portent aujourd'hui.

Après avoir quitté la direction du journal, tandis que mes remplaçants devaient se succéder, je conservai à *France-Soir* l'éditorial de première page. J'en suis parti quelques années avant de revenir à la demande de Georges Ghosn, puis de l'aimable Giovanni Serafini, homme lige du financier italien qui avait racheté le journal.

Sept jours sur sept

Je ne crois pas être plus courageux qu'un autre. Mais pas davantage paresseux non plus.

Pour moi, le quotidien a très souvent mérité son nom. En particulier au *Figaro* où, plusieurs années de suite, j'ai signé toute la dernière page sous la forme d'une chronique parisienne. Mais également à *Nice-Matin*, dans les colonnes duquel j'ai assuré le billet pendant quatorze ans, sept jours sur sept. Sans autre arrêt que celui du premier mai, jour où, traditionnellement, tous les journaux s'abstiennent de paraître.

À RTL, j'ai été plus présent encore. Chaque après-midi durant une heure et demie, puis deux heures chaque nuit durant quatre-vingt-dix minutes. Et ce, pendant trente-sept ans !

Mon rêve aurait été d'intervenir autant sur les anciens petits écrans devenus si grands. Mais la télévision n'admet une telle périodicité que pour des « 20 heures » dont on ne m'a jamais confié la présentation.

Le petit monde de Don Bouvardo

Peut-être intitulera-t-on un jour ma nécrologie : « Un grand vide », sans trop préciser s'il s'agit de ma boîte crânienne ou des bureaux que je n'occupe plus...

Une fois par semaine

Parallèlement à mes deux quotidiens, j'ai beaucoup noirci de papiers pour la presse hebdomadaire. J'y avais fait mes débuts comme cofondateur de *Minute* sous la houlette de Jean-François Devay – petit génie de la presse disparu trop tôt – où je signais « Philippard » une colonne d'échos très frondeurs. Naturellement, j'avais d'abord sollicité l'autorisation de Pierre Brisson. Il avait fait la moue et réfléchi un certain temps avant de me donner son accord du bout des lèvres, disant :

— Je n'aime pas beaucoup ce genre de publication, mais au moins, si vous y écrivez, on n'y dira pas trop de mal du *Figaro*.

Ensuite, j'ai donné (façon de parler) quelques articles au *Point*, puis j'ai sévi à *Paris Match* où, durant quinze ans, j'ai portraituré trois cent trente-cinq des plus grandes vedettes du spectacle, de la littérature et de la politique. Ma salle à manger servait de chevalet avant que le papier fît office de toile et mon stylo de pinceau. De bons plats bien arrosés aidant, le contact humain devenait plus amical et les confidences plus indiscrètes, face-à-face ponctués par le bruit des fourchettes. Je préférais prendre des notes, plutôt que d'user d'un enregistreur. L'entretien pouvait durer trois heures et offrir quelques moments surprenants : Édouard Balladur dégrafant son gilet et reconnaissant : « Finalement, la vie est belle ! » Alain Delon avouant qu'il faisait sa prière deux fois par jour, mais à l'aide d'adjurations de sa façon et en bénéficiant sans doute de relations privilégiées avec le Bon Dieu. Je ne saurais oublier qu'à côté de mon portrait textuel figurait un portrait photographique réalisé par les plus talentueux utilisateurs d'objectifs.

En même temps j'ai commencé, à l'invitation de Louis Pauwels, une série de chroniques placées à l'avant-dernière page du *Figaro Magazine*. Une collaboration qui s'est poursuivie pendant quarante-deux ans avec le meilleur score de lecture et qui s'est achevée brutalement sans une explication, sans une entrevue. Ma consolation a été de ne pas avoir été remplacé et de trouver, la semaine suivante, asile dans *VSD*, repris par Georges Ghosn, où je disposais de l'avant-dernière page. Ma grande chance professionnelle a résidé dans le fait qu'engagé pour un remplacement d'une semaine, je me suis presque toujours incrusté pendant plusieurs années. Il en a été ainsi pour un trimestriel suisse qui m'avait commandé une unique chronique et à laquelle je collabore depuis plus de vingt ans.

J'ai hésité avant de relater un épisode qui n'ajoute rien à ma gloire. Mais, comme je me suis promis de ne rien vous cacher, sachez que *Réussites* a été un très gros ratage. J'avais eu l'idée du concept. Le romancier Gérard de Villiers avait pris 50 % du capital de la société qu'il avait fallu créer avant la première parution. Les cent pages de *Réussites* évoquaient les succès, parfois les triomphes, obtenus dans tous les domaines : la finance, l'industrie, le commerce, la science, les arts, la littérature et la politique. Autant d'articles soigneusement rédigés par des journalistes talentueux et parfois connus.

Hélas ! nous étions en septembre 1981. François Mitterrand venait d'être élu et, sous l'effet d'un socialisme prônant l'égalité des destins, la « réussite » était devenue honteuse et la prospérité suspecte. Au point qu'au bout de six mois j'arrêtai la publication. Je mis ensuite deux années à éponger le passif et particulièrement la facture de Publicis, qui avait très bien négocié les emplacements sur lesquels j'annonçais la naissance de notre mort-né. Malgré tout, j'eus le réconfort de voir, deux ou trois ans plus tard, apparaître dans la plupart des médias… des rubriques consacrées régulièrement à la réussite.

La radio, ma thérapie

Chronologiquement et affectivement, je dois plus à la radio qu'à la télévision. D'abord, parce que j'ai commencé à parler au public bien avant de lui montrer le bout de mon nez ; ensuite, parce que, n'apparaissant plus désormais sur le petit écran, je continue à m'exprimer devant un micro ; enfin, parce que je fondais plus d'espoir sur ma voix que sur mon physique.

Mes premières émissions datent des années 1960. Elles s'adressaient aux auditeurs d'outre-mer. Très vite, j'ai pris goût à la parole, plus facile que l'écrit. Mais, à l'époque, les stations françaises débordaient de talents. Devenu assez ami avec Arnold, le jeune marquis de Contades, époux d'une petite-fille de Jean Prouvost qui, bien que nonagénaire et très dur d'oreille, venait de racheter Radio Luxembourg, fraîchement rebaptisée RTL, je me vis offrir une petite opportunité sous la forme d'un billet quotidien de trois minutes. Chaque jour, je me retrouvais donc rue Bayard. À la mi-temps de la grande émission présentée par Jean-Michel Desjeunes, je déposais ce que j'appelais « ma petite crotte ».

Desjeunes méritait bien son nom. Il avait accédé très tôt au vedettariat sonore. Plein d'entrain, il semblait respirer la joie de vivre. Une apparence tragiquement trompeuse car, à trente-six ans, il se donna la mort en se jetant par la fenêtre de l'appartement qu'il occupait sous les toits. Jean-Michel avait beaucoup d'amis et encore plus d'auditeurs. Sa disparition soudaine de l'antenne créait un vide insupportable. Il fallait, après lui avoir rendu hommage, lui trouver d'urgence un remplaçant, fût-il provisoire. Bernard Desfoux, « responsable de la technique », eut alors une idée qui bouleversa ma vie : « Pourquoi ne pas demander à Bouvard de remplacer Jean-Michel, au moins aujourd'hui ? » Une relève qui, en réalité, devait durer quotidiennement pendant sept ans.

Sous le titre « RTL non-stop », j'animais en direct, de 15 heures à 18 heures, cette tranche d'antenne qui avait beaucoup de succès. Au sondage suivant, la station n'avait pas perdu une paire d'oreilles. Elle en gagna même lorsque « RTL non-stop » devint ambulatoire. Une fois par semaine et en compagnie des plus grandes vedettes, je plantais mon micro dans une capitale différente. Un jour à Moscou, un autre à Rio de Janeiro, puis à Las Vegas. En devenant le premier auditeur de ce nouveau rendez-vous, j'avais pris beaucoup d'assurance et un peu de notoriété. En récompense de quoi, quand on décida en haut lieu d'arrêter le divertissement, on me confia la présentation du « Journal de 13 heures » qui, durant soixante minutes, traitait l'actualité en faisant intervenir ses principaux acteurs. Je disposais pour ce faire d'une équipe de très bons journalistes qui, jusque-là, venaient lire un article qui ne serait jamais imprimé.

Pour donner plus de vie à la séquence dont j'étais responsable, je résolus de libérer la parole. L'improvisation (bien préparée) devint la règle. Si l'un de mes collaborateurs se présentait avec un papier, j'y mettais aussitôt le feu. Cette spontanéité forcée entraîna un ton plus vif qui, lui-même, déboucha sur des critiques plus fréquentes du pouvoir. Or, le patron de RTL était un ancien haut fonctionnaire qui, je l'appris plus tard – mais trop tard –, se rendait chaque soir à l'Élysée. Giscard ne cachait pas son agacement. Trois années ne s'étaient pas écoulées qu'à sa demande je fus débarqué.

Pas question pourtant de me renvoyer chez moi ou de me laisser aller vers la concurrence. J'avais appris à faire parler jusqu'à ceux qui n'avaient rien à dire. Il suffisait de substituer aux têtes d'affiche de la politique d'autres vedettes recrutées non plus dans les palais nationaux, mais au théâtre, au cinéma et au music-hall, en y ajoutant quelques humoristes. C'est à Roger Kreicher, le directeur artistique de la station, que revint le mérite d'imaginer un titre simple et prometteur. Ce fut « Les Grosses Têtes ».

Ce n'est pas par hasard que l'émission inaugurale fut programmée un 1er avril. Henri Agogué, le producteur, avait rassuré tout le monde, moi en particulier :

— Si c'est un bide, on dira que c'était un poisson d'avril et on s'arrêtera là.

Il faut croire que cela n'a pas trop mal marché, puisque j'ai animé cette tranche horaire pendant trente-sept ans tous les après-midi et chaque nuit, week-ends et vacances compris. Je pus vérifier à cette occasion qu'un grand succès ne se limite pas à sa discipline d'origine. Par un effet de vases communicants médiatique, « Les Grosses Têtes » s'installèrent de surcroît dans un théâtre parisien, sous des chapiteaux géants plantés en province, dans les librairies sous forme de livres et de cahiers de textes, enfin à la télévision sur Antenne 2, puis sur TF1 où elles rallièrent pendant cinq ans jusqu'à treize millions et demi de téléspectateurs.

Autant de succès qui me montèrent à la tête et me poussèrent à l'indécence en affichant trop de signes de prospérité. Je me rappelle l'inauguration de la piscine (couverte l'hiver) dont je venais de flanquer ma villa vésigondine. Après le déjeuner servi par un maître d'hôtel ganté de blanc, j'avais fait un tour de parc avec mon cher père adoptif. Pensif, pour ne pas dire inquiet, il m'avait dit à mi-voix :

— C'est bien. Je suis heureux pour toi. J'espère que tu n'as pas fait de bêtises…

Cet honnête artisan, qui devait tout à son habileté manuelle, n'a jamais compris comment on pouvait faire (presque) fortune en bavardant publiquement de tout et de rien. Triomphes moins dus à mes interventions qu'à celles de la spirituelle équipe que j'avais réunie autour de moi. D'abord Thierry Le Luron, le plus doué et le plus impertinent des imitateurs. Subjugué par un génie comique que rendait encore plus irrésistible sa petite taille (j'avais coutume de le présenter en affirmant qu'il était le seul contemporain m'obligeant à me baisser pour engager la conversation), j'en avais fait la première vedette inaugurale de toutes mes nouvelles émissions. Quelques années plus tôt, j'avais fait sa connaissance par courrier interposé. Dans une missive illustrée de photos et assortie de dessins, il me lançait sa première bouée :

— Je m'appelle vraiment Le Luron. J'ai quinze ans. Aidez-moi à devenir une vedette.

Persuadé qu'il s'agissait d'un pseudonyme et que son talent n'était encore qu'à l'état de projet, je lui avais répondu en lui conseillant de terminer ses études. Il ne m'avait pas longtemps écouté, puisque deux ans plus tard, renonçant au bac dont il n'avait nul besoin pour voguer sur l'océan des phénomènes, il débarquait à Paris et se faisait presque immédiatement engager au théâtre de Dix Heures dont j'étais le secrétaire général. Et sans que j'aie à intervenir.

Dans « Les Grosses Têtes », il tenait tous les rôles : le souverain pontife, tous nos présidents de la République, Maurice Chevalier, Georges Brassens, Françoise Hardy (surnommée « l'endive du twist »), Johnny Hallyday et Alice Sapritch (c'est elle qui m'appelait « Poupounet »). Tout en interdisant à Le Luron de la ridiculiser, la comédienne en redemandait, consciente que cette parodie avait contribué à sa célébrité.

Venait ensuite Bernard Mabille, chansonnier montmartrois d'origine qui ne cessait d'inventer d'irrésistibles formules. Jacques Mailhot, plus aimable mais tout aussi corrosif, nous rejoignit plus tard. À Isabelle Mergault, j'avais offert une première chance très méritée. Je m'étais également adjoint Évelyne Leclerc, déjà très populaire ; Thierry Roland, qui passait du sport à la galéjade ; Amanda Lear, au sexe aussi mystérieux que celui des anges ; Stéphane Bern, à qui je fis jouer dans notre version télévisuelle le rôle de la reine d'Angleterre bien avant qu'il aille à Buckingham l'interviewer ; Francis Perrin, transfuge de la Comédie-Française ; l'exubérant Carlos.

Quand Olivier de Kersauson a débarqué aux « Grosses Têtes », il était déjà surnommé « l'amiral », bien qu'il ne fût que quartier-maître et que le plus haut grade de la marine eût été attribué à son frère. Très vite, je le considérai comme « le transbordeur dans l'oral de l'écriture automatique des surréalistes ». Comprenez que le fameux marin, héros de traversées mémorables avant de bourlinguer sur nos ondes, paraissait être le premier auditeur et non l'auteur d'un délire sans cesse renouvelé et à nul autre pareil. C'est lui qui, pour sanctionner les demoiselles ayant refusé ses avances, avait proposé un délit de « refus d'assistance à homme en danger de solitude ». Pendant vingt ans, je l'ai aidé à élever ses enfants et l'ai considéré comme mon meilleur ami. Or, je n'étais pour lui qu'un de ses employeurs. Perpétuellement en quête d'argent, il m'avait demandé une augmentation dc cachet que je regrette aujourd'hui de lui avoir refusée. Il prit la mouche et la porte, trouva les quelques billets de banque qui lui manquaient dans le tiroir-caisse d'Europe 1.

Le plus fidèle aura été Jean Dutourd, tellement cultivé qu'il avait lu tous les chefs-d'œuvre du passé avant de publier les siens. Il faisait déjà partie de notre équipe lorsqu'il se présenta à l'Académie française. Quelques vieux Immortels grincheux lui firent savoir qu'il devait choisir entre faire le clown et entrer aux sons des trompettes de la renommée sous la coupole du quai de Conti. Il passa outre et eut une élection de maréchal.

Ma participation personnelle s'était déjà interrompue en l'an 2000, lorsqu'un nouveau directeur de RTL, s'avisant que je venais d'atteindre soixante-dix ans, me mit brutalement à la retraite. Je fus aussitôt récupéré par Europe 1, avec un cachet égal à celui de RTL et une intégration immédiate dans l'équipe de l'émission qui faisait – en vain – concurrence à la mienne sous la houlette de Laurent Ruquier. Ce dernier, qui aurait dû m'accueillir à bras ouverts, se montra fort désagréable, allant jusqu'à ordonner aux techniciens chargés du montage de couper toutes mes interventions.

À RTL, j'avais été remplacé par Christophe Dechavanne. Avant d'accepter ma relève, il m'avait consulté. Comme je l'aimais bien, je ne lui avais pas caché mon sentiment. À savoir qu'il était un excellent animateur, mais qu'il ne possédait aucun des repères culturels indispensables à la conduite d'une émission où l'on faisait assaut d'érudition. Quand j'eus terminé ma mise en garde, il m'avoua :

— Trop tard ! J'ai signé mon contrat hier soir.

La suite me donna pleinement raison. En six semaines, « Les Grosses têtes » perdirent 30 % de leurs auditeurs. Rien n'y fit. Ni les efforts de Dechavanne, ni le recrutement de nouvelles vedettes, ni une grosse campagne publicitaire. Au bout de trois mois, et alors que j'avais pris mon parti d'être moins bien traité rue François-Ier que rue Bayard, on sonna un soir à ma porte, vers 22 heures, alors que je disputais une partie de poker avec quelques amis. Le plus âgé des visiteurs se présenta :

— Je suis Robin Leproux, le nouveau président de RTL.

C'était un grand gaillard, très aimable, très souriant, très sympathique. Je ne l'avais jamais rencontré.

Je savais seulement de lui qu'il avait été le patron du PSG. J'apprendrais plus tard de sa bouche qu'à soixante ans passés il jouait encore au foot tous les dimanches. Sans attendre, il me dévoila le motif de sa visite :

— Il faut que vous reveniez à RTL. Tout le monde vous attend !

Je rétorquai que j'étais toujours sous contrat avec une autre station. Il insista lourdement :

— Vous êtes l'objet de ma première démarche. Et sans doute de la plus importante. Je ne voudrais pas démarrer sur un fiasco.

Je demandai à réfléchir. Le jour suivant, avant d'enregistrer pour Europe 1, j'allai voir Jérôme Bellay afin de l'aviser de la proposition qui m'était faite. Sa réaction fut immédiate, franche et non dénuée d'humour :

— Oubliez votre jeune maîtresse et retournez chez votre vieille femme !

C'était reparti pour un tour. Du jamais vu, paraît-il. Un licencié septuagénaire qui reprend du service… Plus étonnant encore : ces retrouvailles dureront quatorze ans ! Jusqu'à ce que Christopher Baldelli, le successeur de Leproux, décide de rajeunir l'antenne. Et – pour ajouter à ma tristesse – d'installer dans mon fauteuil Laurent Ruquier. D'où une seconde particularité : pour la première fois, on remplaçait le champion des sondages par le concurrent qui lui courait après depuis une décennie sans jamais le rattraper.

Je fis donc de nouveau mes adieux aux « Grosses Têtes ». Une émission mémorable. Tout le monde – moi, le premier – avait la larme à l'œil : les techniciens, les artistes, le public. Quand je sortis du studio, des centaines d'auditeurs m'attendaient, massés dans toutes les rues adjacentes.

Naturellement, Baldelli, qui craignait mon départ en fanfare, m'offrit une nouvelle émission en maintenant mon ancien cachet.

Huit années ont passé. Baldelli est parti, je suis toujours là. Mais mon émission se réduit à trois minutes le samedi et le dimanche de très bonne heure, pour un cachet ayant beaucoup diminué. En juin 2022, j'ai été prolongé pour la cinquante-cinquième année. Nicolas de Tavernost et Régis Ravanas sont venus à Cannes afin de m'annoncer eux-mêmes la bonne nouvelle. Pas de quoi se plaindre tout de même, à quatre-vingt-douze ans. Comme une quasi-cécité m'interdit toute lecture, je m'astreins à apprendre par cœur le texte que j'ai dicté.

Il paraît que « Les Grosses Têtes » sont toujours à l'antenne. Je me garderai bien d'en dire du mal. Je ne les ai jamais écoutées. Pour deux raisons contradictoires : si elles sont mauvaises, j'appréhenderais d'avoir un peu de peine ; si elles sont bonnes, je redouterais d'en avoir beaucoup.

Les petits plats dans l'écran

La version télévisée des « Grosses Têtes » n'avait d'autres rapports avec la version radiophonique que son titre, la présence de mes plus populaires commensaux et la mienne. L'enregistrement avait lieu dans une artère prédestinée – la rue de la Gaîté –, dans le grand music-hall à l'enseigne de Bobino dont, mes cachets aidant, j'étais devenu le propriétaire. Autour d'une piste centrale où chacun venait faire son numéro, un millier de spectateurs s'entassaient, fournissant gratuitement l'ambiance nécessaire. Devant les caméras, les improvisations étaient plus rares que devant les micros. Il s'agissait d'une succession de sketchs et de chansons, tous inédits. Une quinzaine chaque fois, soigneusement écrits et minutieusement répétés. La principale attraction résidait dans le travestissement de mes comparses. Ces derniers n'hésitaient pas à se déguiser et à se défigurer pour incarner chaque fois de nouveaux personnages.

Si, au bout d'un lustre, j'ai jeté l'éponge, c'est parce que nous étions à court d'idées. Mais, encore aujourd'hui, je me souviens – et je ne dois pas être le seul – de Stéphane Bern en boxeur sonné, réconforté par un entraîneur ressemblant étonnamment à Pierre Bellemare et de Francis Perrin faisant tomber vingt fois Sim d'une table de massage. Quand j'ai connu Sim, il était catalogué comme « comique visuel ». Il ne recourait qu'à des mimiques et aux soubresauts d'un corps qui ne lui obéissait jamais. Peu à peu, il s'était enhardi jusqu'à imiter des accents et à proférer des boutades, parfois osées. À telle enseigne qu'il poussa un jour son délire jusqu'à publier, non sans succès, des bouquins décapants.

Au total et pendant près d'un demi-siècle, j'ai inventé, lancé et présenté, sur différentes chaînes, vingt-sept émissions différentes. Ma première apparition avait eu lieu à l'invitation de Michèle Arnaud, la plus distinguée des chanteuses, qui animait « Chez vous ce soir ». Elle me conserva dans « Les Raisins verts », réalisé par Jean-Christophe Averty. Averty était à la fois un génie et un trublion. Un génie, parce que ses mises en images ne ressemblaient à aucune autre; un trublion, parce qu'entre deux séquences il installait des bébés en Celluloïd qu'une moulinette découpait en tranches. Un fort zozotement en faisait, à la ville, un comique malgré lui. Il a disparu, désespéré de n'avoir pas été compris. On le cite aujourd'hui comme le plus créatif pionnier du petit écran.

Ma grande chance fut ensuite de plaire à Pierre Sabbagh (mari de Catherine Langeais, elle-même ancienne fiancée de François Mitterrand). D'abord directeur de la première chaîne, il appréciait mes interviews impertinentes. Ensuite, quand il fut nommé responsable de la deuxième chaîne à sa naissance, il me demanda de le suivre. Ainsi, chaque fin de semaine, pus-je présenter pendant quatre ans « Samedi soir ». Mon ambition était alors de « faire voisiner devant les caméras des célébrités qui, sans moi, ne se seraient sans doute jamais rencontrées ». Il s'ensuivit force dialogues inattendus : entre Coluche et Salvador Dalí, entre Maurice Chevalier et Alain Delon. Certaines séquences étaient osées : Jacques Dutronc proposant à Isabelle Adjani, que je venais de lui présenter, de passer la nuit avec lui ; Serge Gainsbourg que je contraignis à se raser en direct, alors qu'il était notoire que trois jours avant une émission il se laissait pousser la barbe ; l'écrivain Bernard Frank promenant en gros plan une main baladeuse sur la cuisse d'un des mannequins suédois que j'appelais « mes plantes grasses » car elles étaient dodues, décoratives, mais ne comprenaient pas un mot de nos propos.

Pendant quatre ans donc, huit spectateurs sur dix regardèrent « Samedi soir », amusés de voir de grandes vedettes sous un jour nouveau et flattés d'être admis chez Maxim's, à l'époque le plus fameux restaurant du monde (aujourd'hui, le plus déserté : plus de déjeuners et, au dîner, une demi-douzaine de Japonais seulement).

« Bouvard en liberté », que me confièrent ensuite Marcel Jullian et Jacques Chancel, avait trois particularités : d'assumer tous les risques du direct ; de faire passer une grande vedette dont on se proposait de retracer la carrière dans une vingtaine de mini-décors évoquant les principaux moments de sa vie professionnelle et de son existence privée ; de substituer aux habituelles interrogations des questions très intimes auxquelles mes invités ne pouvaient répondre qu'en sacrifiant à l'auto-indiscrétion.

Dans « Dix de der », je traitais plaisamment l'actualité. J'enchaînai avec une formule plus ambitieuse et souvent reprise : « L'Huile sur le feu », qui me permettait d'opposer, sur un sujet de société souvent délicat, deux invités choisis pour leur notoriété et leur virulence. L'émission idéale : pas de décor, une table et trois chaises, trois cachets seulement et une excellente audience. Ajoutez que le direct autorise l'économie de montage. Afin de justifier le titre, j'intervenais dès que les deux antagonistes menaçaient de tomber d'accord. Quand je levais un lièvre que l'on croyait endormi, les retombées médiatiques se multipliaient, avant mais aussi après l'émission. Tant et si bien que j'eus droit à la couverture de *Télé 7 jours*. Comme c'était la semaine du Mardi gras, on me coiffa d'une couronne en carton doré, tandis que le titre claironnait : « Le roi Bouvard. »

Avec « Le Dessus du panier », je disposais de la collaboration (gracieuse) du *nec plus ultra*. Pour attirer les têtes d'affiche, je leur servais d'abord la soupe en citant leurs spectacles, leurs films ou leurs livres. Ensuite, ma causticité naturelle reprenait le dessus.

La formule se simplifia encore avec « Sur la sellette ». Il me suffisait d'un unique invité – de préférence célèbre – que j'asseyais sur un fauteuil de dentiste. Je posais mes questions en tournant autour du fauteuil dont j'activais la montée ou la descente en appuyant sur un pédalier. J'ai ainsi malmené Léon Zitrone en lui faisant perdre sa faconde habituelle.

« Passez donc me voir » était, contrairement à toutes les autres, programmée à la mi-journée. J'y recevais les vedettes à l'honneur le soir même.

J'ai gardé pour la bonne bouche mes deux plus grands succès. Le premier a surpris tout le monde. Il s'intitulait immodestement « Le Théâtre de Bouvard ». Le second était prévisible car il surfait sur la déjà longue carrière radiophonique des « Grosses Têtes ».

Au départ du « Théâtre de Bouvard », il y eut un vœu d'Antenne 2 : rameuter le maximum de téléspectateurs entre 19 h 30 et 20 heures afin que le journal qui suivait dame le pion à celui de la Une. Une grande ambition et un minuscule budget. Au point que cette série, sans doute ma principale réussite, fut aussi celle qui me valut le plus maigre de tous mes cachets.

Mon raisonnement, très simple, suscita d'abord la méfiance du directeur des programmes. Il estimait

« contre-productif » qu'à une heure de grande écoute je ne m'entourasse que d'inconnus. J'osai répondre :

— Si je ne me trompe pas dans mes choix, en quinze jours ces petits comédiens que personne ne connaissait seront devenus des vedettes.

Il en fut ainsi. Un mois ne s'était pas écoulé que des imitateurs chevronnés parodiaient déjà Régis Laspalès, tandis que le portrait de Mimi Mathy apparaissait dans la plupart des magazines. Là aussi, le même directeur des programmes m'avait méchamment volé dans les plumes :

— Je ne veux plus voir votre naine. Il ne faut pas prendre notre chaîne pour la Foire du Trône !

Dix ans plus tard, ma chère petite Mimi accédait au plus beau des titres en étant désignée comme la « vedette préférée des Français ».

Très vite, mes pensionnaires s'étaient constitués en petit groupe, en fonction des amitiés et des affinités. Mimi formait un duo avec Yvan Burger, jusqu'à ce que ce dernier soit emporté à trente-deux ans par le sida. Après quoi Michèle Bernier (fille de l'éthylique professeur Choron) créa avec Isabelle de Botton et Mimi un trio détonant.

Toutes les tendances et toutes les origines étaient représentées. Le génial Didier Bénureau était un ancien mime ; Serge Llado était un excellent guitariste ; Muriel Robin venait de sa province et Philippe Chevallier sortait du conservatoire ; Chantal Ladesou déchaînait les rires grâce à sa dyslexie ;

Smaïn sacrifiait au comique folklorique. *Mea culpa !* J'ai écarté Bigard car je le trouvais trop vulgaire, mais j'ai retenu Laurent Baffie qui n'était pas plus distingué et je n'ai programmé qu'une seule fois Fabrice Luchini. Une centaine de « découvertes » en tout. Non sans quelques dissidences. Ainsi Didier Bourdon, Bernard Campan et Pascal Légitimus tentèrent-ils – avant de se baptiser « Les Inconnus » – de faire une concurrence déloyale à ma tournée en se présentant sur leurs affiches comme « Les meilleurs du Théâtre de Bouvard ». Une référence à laquelle ils renoncèrent après un petit procès.

Les thèmes exploités par nos sketchs s'inspiraient de la vie quotidienne : l'amour, mais aussi l'adultère, l'éducation des enfants, la vie de famille, la recherche d'un emploi. Sans oublier l'inépuisable filon que constituaient les différentes façons d'escroquer ses contemporains. Une fois par semaine, toute la troupe intervenait pour un sondage express et hilarant qui permettait à chacun de lancer une boutade. Enfin, atout supplémentaire, des vedettes déjà consacrées qui, en qualité d'invités d'honneur, venaient parrainer mes pensionnaires. Je me souviens notamment de Michel Serrault donnant un véritable cours d'art dramatique.

Le succès était tel que j'avais scindé ma troupe en trois bataillons. Le premier assurait les enregistrements de télévision ; le deuxième se produisait chaque soir sur la scène d'un théâtre parisien ; le troisième écumait la province.

Au bout de trois années, avec la satisfaction du devoir accompli, je passai à la formule suivante.

Longtemps, je n'ai pu voir le nom de mes anciens comédiens flamboyer au fronton des plus grandes salles de spectacle sans émotion et sans fierté. Pourtant, lorsqu'on m'interrogeait sur mon rôle, je précisais toujours que, sans moi, les « petits cocos » auraient réussi de la même façon. Tout au plus reconnaissais-je qu'en les faisant évoluer devant les caméras de la télévision je leur avais fait gagner quelques mois, parfois quelques années.

En passant des transistors au petit écran, « Les Grosses têtes » n'ont pas démérité. Après quelques débuts timides sur Paris Première, qui se bornait à filmer les enregistrements radiophoniques, Antenne 2 puis TF1 devaient nous offrir des records d'audience. Une façon de récompenser les efforts fournis pour différencier complètement ce qui se traduisait en images, après n'avoir longtemps utilisé que le son. Nous proposions – après les avoir inventés de toutes pièces – des sketchs n'ayant plus qu'un lointain rapport avec les questions culturelles et assimilées. Pour nous remercier du record d'audience avoisinant ceux des grands matchs de foot (treize millions et demi de téléspectateurs), Martin Bouygues, alors PDG de TF1, nous convia à déjeuner dans le jardin de son hôtel particulier.

La série ne s'arrêta au bout de cinq ans que parce que nous étions à bout de souffle. Le lendemain de la dernière diffusion, j'envisageai avec le regretté Étienne Mougeotte, tout-puissant directeur des programmes, une nouvelle série qui serait programmée le samedi soir. Après une première séance de travail, nous avions prévu de nous retrouver afin de fixer les modalités et les dates de tournage. Mougeotte me raccompagna jusqu'à la porte de son immeuble. Le projet avait paru le séduire beaucoup. Sur le trottoir, il m'embrassa en me disant :

— Je suis heureux de continuer à travailler avec toi !

Je n'en ai plus jamais entendu parler.

Par la suite, nous sommes retournés sur Antenne 2. Mon plus beau souvenir demeure lié à cette chaîne où nous célébrâmes la cinq millième des « Grosses Têtes » radiophoniques en réunissant sur le plateau quarante invités prestigieux appartenant au monde du spectacle, de la politique et des affaires grâce à la présence de Bernard Tapie. Il ne manqua ce jour-là que la présence physique du président de la République. Mais on entendit sa voix car il nous téléphona pour nous féliciter.

Sur scène et sur pellicule

Le spectacle m'a toujours beaucoup plus fasciné que la vie réelle. Mais le cinéma moins que le théâtre.

J'ai fait jouer ma première pièce à l'âge de dix-sept ans. Elle s'intitulait *Page 216*, par allusion au chapitre de mon histoire de France où j'en avais trouvé le sujet : à savoir, la régence de Philippe d'Orléans. J'avais été séduit par le personnage et par l'époque. Par les fêtes galantes qui se donnaient au Palais-Royal, par les « rouées » entourant l'intérimaire du trône de France. Au fil de mes cinq actes, j'évoquais la duchesse de Sabran qui, lors de ses ébats amoureux, avait crevé l'œil du régent avec l'un de ses talons aiguilles. Plus tard, d'ailleurs, je me suis lié d'amitié avec Jacques, dernier duc d'Orléans, qui venait d'épouser Gersende de Sabran que son métier de pianiste contraignait à porter des chaussures moins dangereuses.

J'avais recruté mes comédiens dans ma classe de lycée, avec comme tête d'affiche Jacques Kam qui fut, jusqu'à sa disparition, l'un de mes meilleurs copains en même temps que mon avocat. Dans les prétoires, il assouvissait son goût du théâtre. Il possédait une voix puissante et une science du geste dont il usait à merveille. Plusieurs fois, quand il plaidait pour moi, je suis allé l'entendre, très admiratif de son talent, mais assez étonné qu'il ne parlât pour ainsi dire pas de l'affaire soumise au tribunal et multipliât les citations littéraires. Il l'avait reconnu sans difficulté : « C'est ainsi que j'ai le plus de chance d'avoir l'oreille des vieux magistrats. »

Le personnage de la duchesse était incarné par une collégienne, élève d'un autre établissement car la mixité n'existait pas alors. Un grand jeune homme qui se présentait comme pensionnaire de la Comédie-Française assurait la mise en scène. Or, je ne l'ai jamais rencontré que dans une boutique de prêt-à-porter où il tenait la caisse. Pour financer la location de la salle ainsi que les habits du XVIIIe siècle, nous avions fait la quête auprès de nos familles respectives. *Page 216* fut jouée deux fois à la salle d'Iéna, laquelle fit place, l'année suivante, à un immeuble où l'on ne jouait plus la comédie que dans les chambres à coucher.

Il m'a fallu attendre trois décennies pour toucher mes premiers droits d'auteur dramatique, avec en prime l'interprétation d'Alice Sapritch. J'avais écrit, avec *Au plaisir, madame !*, l'histoire d'une séductrice qui terrifiait les hommes. Alice avait accepté tout de suite le rôle. Germaine et Marc Camoletti, directrice et auteur attitré du Théâtre Michel, ne s'étaient cependant pas fait prier pour mettre ma pièce à leur affiche. Une affiche sur laquelle figuraient également les noms de Jean-Marie Rivière, l'animateur déjanté des nuits tropéziennes, chargé de la mise en scène, ainsi que ceux d'André Pousse, ex-champion cycliste pédalant désormais sur les scènes, et de François Cluzet, dont c'étaient les débuts mais qui ne doit pas en avoir conservé un bon souvenir, puisqu'il a toujours refusé d'en parler. *Au plaisir, madame!* a bénéficié de deux cents représentations. Presque tous les soirs, vers 20 heures, je m'installais à la terrasse d'un bistrot situé en face du théâtre et je regardais les spectateurs arriver, curieux de leur dégaine, mais pas assez toutefois pour attendre leur sortie afin de savoir si leur visage portait les traces du rire ou de l'ennui.

Rebelote dans le même théâtre, mais avec une pièce plus moderne à l'enseigne de *Double Foyer*. Je n'avais pas cherché très loin pour la distribution. Les deux principaux rôles étaient tenus par Muriel Robin et Régis Laspalès, les autres par Richard Taxy, Marcel Philippot et Catherine Blanchard, qui faisaient également partie de mon « Petit Théâtre ». J'y retraçais le surmenage sexuel d'un brave homme qui avait installé ses deux maîtresses au premier et au deuxième étages du même immeuble, un thème qui m'avait été suggéré par la vie (réelle) de Francis Blanche[1].

1. Voir page 106.

Au cinéma, j'ai davantage payé de ma personne. D'abord comme jeune premier dans *Vacances explosives*, où j'avais pour père Robert Vattier et Arletty pour génitrice. À l'origine, ma collaboration devait se limiter à louer à la production ma Buick décapotable. Et puis, deux jours avant le premier tour de manivelle, on me demanda en catastrophe de remplacer un comédien tombé malade. Le tournage fut très agréable et j'y nouai des liens durables avec Vattier et Arletty, que tout le reste de leur existence j'appelai « papa » et « maman ». Hélas ! le bilan fut sans doute l'un des plus désastreux du Septième Art : le producteur, en faillite, se donna la mort ; Christian Stengel, le réalisateur, prit définitivement sa retraite ; et Ginette Pigeon, la jeune comédienne que l'on m'avait attribuée comme fiancée, connut entre mes bras son premier et dernier rôle.

Si, dix-neuf ans après ce ratage total, je participai de très loin au triomphe de *L'Aile ou la Cuisse*, le film le plus programmé depuis lors à la télévision, c'est parce que Claude Zidi était l'un de nos meilleurs cinéastes, qu'il s'était assuré le concours de Louis de Funès, de Coluche et de Julien Guiomar, et qu'il ne m'avait demandé que d'interpréter mon propre rôle de petit journaliste – mais avec la permission exceptionnelle de participer à l'écriture de mes répliques. Pendant près de trois semaines, j'ai ajouté à mes différents lieux de travail un studio ultramoderne et à mes compagnons de boulot la fine fleur des têtes d'affiche.

Sur le plateau, Zidi (dont j'avais déjà apprécié l'exquise urbanité durant nos parties de poker) dirigeait tout ce petit monde avec douceur et gentillesse. Coluche n'avait d'yeux que pour de Funès, son acteur préféré. Lequel de Funès, qui devait payer prématurément de sa vie son survoltage chronique devant les caméras, se reposait entre deux scènes dans une roulotte médicalisée.

Je dois reconnaître cependant que le métier de dialoguiste m'a beaucoup plus passionné que celui de comédien.

Moi et les hommes de quarante ans m'a donné bien du travail et des satisfactions car il s'agissait d'habiller sur mesure Dany Saval, mais aussi Paul Meurisse et Michel Galabru. Jacques Pinoteau avait cru me faire plaisir en m'incluant de surcroît dans la figuration. Il fut tout étonné par la sécheresse de mon refus :

— Non, merci. J'ai déjà donné à Sacha Guitry.

Plus tard, c'est grâce à Michel Audiard, débordé de commandes, que j'ai écrit pour Bourvil, aussi modeste dans la vie que talentueux à l'écran. Chaque matin, avant d'aller tourner, il me téléphonait pour parler de son rôle et des phrases que je mettais dans sa bouche.

Généralement, en l'espace d'une quinzaine de jours – pardon, de nuits –, j'avais troussé toutes les répliques. Mais je me gardais bien d'apporter mon travail à la production qui me l'avait confié. Car Audiard m'avait prévenu :

— Ne te presse pas. Fais même ta livraison avec retard car, si on s'aperçoit que tu écris facilement, on te donnera moins d'argent...

Mes présidents

J'attribue ma proximité avec une demi-douzaine de nos chefs d'État d'abord à leur disponibilité plus grande sous la IVe République, où ils exerçaient une fonction surtout honorifique; ensuite à ce que, du fait de leur importance alors très réduite par rapport à aujourd'hui, les médias déléguaient auprès d'eux les benjamins de la rédaction plutôt que les plumes chevronnées. Enfin, j'avais l'air d'être encore plus jeune que ne le laissait supposer ma carte d'identité, tandis que mon visage suintait la bienveillance et parfois l'admiration.

Vincent Auriol

Dans cette longue galerie de portraits très officieux, Vincent Auriol occupe chronologiquement la première place. Natif de Revel, il avait conservé l'accent rocailleux de la région nommée aujourd'hui Occitanie. Sa physionomie, abîmée par l'âge et la maladie, était à l'avenant. Au point que le chansonnier Maurice Horgues, un ancien instituteur passé maître dans l'alexandrin cruel, déridait chaque soir son public en affirmant : « L'œil gauche du président coule comme un camembert au mois d'août. » Dernier représentant d'un socialisme bourgeois, Auriol avait fait plus que de me recevoir. Il m'avait convié à venir partager son petit déjeuner au château de Rambouillet, où il passait ses week-ends en famille. J'avais donc débarqué de très bon matin avec Claude Fayard, le talentueux photographe chargé d'illustrer mon article.

Première surprise : l'absence de toute domesticité. Ainsi le personnel bénéficiait-il complètement du repos dominical.

Deuxième surprise : c'est le président lui-même qui avait fait infuser le thé et réchauffer les croissants.

Troisième surprise : après deux heures de propos aimables mais sans grand intérêt, et alors que nous prenons congé, Vincent Auriol, qui s'est contenté de me serrer la main, embrasse mon photographe deux fois sur chaque joue. Dans la voiture qui nous ramène à Paris, je demande à Claude Fayard comment il s'y est pris pour établir des relations aussi affectueuses avec le chef de l'État. La réponse coupe court à toutes mes suppositions :

— C'est mon oncle, le frère de ma mère…

René Coty

L'année suivante, *Le Figaro* m'expédie à Versailles où va se réunir le Congrès chargé d'élire le successeur d'Auriol. Arrivé avec vingt-quatre heures d'avance pour reconnaître les lieux et recruter des informateurs, je lâche la bride à mon esprit farceur. Dans ma « belle Américaine » décapotée, je fais monter Ferdinand Lop, un ancien professeur de dessin qui, tous les sept ans, pose sa candidature à l'Élysée. Debout derrière moi qui me suis coiffé d'une casquette de chauffeur pour tenir le volant, il harangue les curieux accourus sur son passage. Tant et si bien qu'au cours des douze scrutins sans majorité qui se poursuivront toute une semaine, Lop obtient autant de voix que Brigitte Bardot.

Le treizième tour est le bon, alors qu'en principe il devait se borner à saluer l'intégrité sans faille et le constant dévouement d'un parlementaire nommé René Coty. Or, ces qualités suscitent une telle unanimité qu'il est élu largement.

René Coty est âgé de soixante-douze ans. Il a siégé au conseil municipal du Havre huit décennies avant qu'Édouard Philippe en devienne le maire. Puis il est devenu député, sénateur et enfin ministre de la Reconstruction et de l'Urbanisme, avant de retrouver un siège de parlementaire. Son élection inattendue provoque l'affolement dans les salles de rédaction et surtout dans le service des archives, où l'on cherche en vain sa photo.

La première demande de René Coty concerne sa femme. Comme elle ne décroche pas le téléphone et n'écoute jamais la radio, il souhaite que quelqu'un aille la prévenir. Mon « benjaminat » me désigne. Je pars donc pour le quai aux Fleurs, où réside le nouveau couple présidentiel dans un appartement modeste mais avec vue sur la Seine. La tête surmontée d'un gros chignon et la taille débordant d'un tablier de cuisinière, Germaine Coty ouvre elle-même la porte. Sans même avoir pris le temps de me présenter, je lui annonce la grande nouvelle :

— Madame, votre mari vient d'être élu président de la République !

La réaction est d'une sobriété inattendue :

— Ah ! bon…

Désireux de nourrir davantage le reportage que, le soir même, je vais donner au *Figaro*, j'ose m'enquérir de ses projets. Pour toute réponse, j'obtiens une phrase qui va faire le tour de France et même aller plus loin :

— Je vais lui faire une tarte.

Il faut croire que notre brève conversation n'a pas déplu à la nouvelle première dame, puisque dix jours plus tard je suis convié à partager leur premier dîner à l'Élysée. Je m'attendais à partager cet honneur avec quelques confrères. Or, je me retrouve seul avec René et Germaine. Enfin, pas tout à fait car un garde républicain joue le sommelier, tandis que René Coty va chercher les plats à la cuisine.

Par la suite, ce traitement de faveur se poursuivra. Tant et si bien que Pierre Brisson me charge parfois d'aller poser de sa part une question à René Coty. Je prendrai ainsi l'habitude de garer ma voiture dans la cour de l'Élysée lorsque je fais des courses Faubourg-Saint-Honoré.

René Coty part pour Menton afin de prendre quelques jours de vacances. Je reçois pour mission de l'accompagner. Chaque matin, vers 10 heures, je vais le retrouver devant sa villa à l'enseigne de « Maria Serena », puis nous nous promenons en bavardant de longues minutes comme deux vieilles connaissances. Une photographie qu'il m'a dédicacée et qui a longtemps occupé la place d'honneur dans mon bureau perpétue le souvenir de ces moments privilégiés. À ceci près que le président est vêtu d'un manteau très ordinaire et que je porte la pelisse héritée de mon grand-père, en même temps que les boutons de manchette en or que je ne cesserai de regarder pendant ses obsèques.

Revenu à Paris, je lui rends visite plusieurs fois par semaine. Un jour que je suis encore avec lui à midi passé, il me fait une proposition qui devrait me ravir mais qui me terrifie :

— Restez encore quelques minutes. Le général de Gaulle vient me chercher pour déjeuner. Je vous présenterai à lui.

Aussi affolé que s'il m'avait été offert de rencontrer le Bon Dieu, j'invoque une tâche urgente et je prends la poudre d'escampette. Je déclinerai une seconde fois l'honneur de serrer la main du Général lorsque, convié à la réception annuelle des Arts et des Lettres, je m'esquiverai de la même façon au moment où le général Ganeval, son officier d'ordonnance, allait lui chuchoter mon nom.

En France, les événements se précipitent. Il devient urgent de changer de régime. Une majorité de citoyens semble d'accord pour que, sans attendre, le dernier président du Conseil de la IVe République devienne le premier président de la Ve. René Coty, après avoir réfléchi plusieurs jours, donne enfin son accord. Puis, sans doute poussé par ses collaborateurs qui ne voient pas sans inquiétude leur carrière s'achever plus tôt que prévu, il me convoque à l'Élysée. Comme d'habitude, je prends des notes sur son bureau. La déclaration est brève, mais elle risque de faire du bruit : René Coty n'admet pas qu'on lui ait « signifié son congé comme à une femme de ménage » (ce sont ses termes) et souhaite aller jusqu'au terme normal de son mandat. Je regagne *Le Figaro*, persuadé que mon article du lendemain paraîtra en première page et que ce sera le plus mémorable de toute ma vie professionnelle. Or cet article ne paraîtra jamais. Après l'avoir lu, Pierre Brisson me félicite avant de me dire :

— Il est préférable que je le garde dans mon tiroir. Nous n'avons pas besoin d'une péripétie qui pourrait dégénérer en guerre civile.

Je suppose qu'il appela lui-même le président pour lui signaler le danger, puisque René Coty quitta le pouvoir quelques jours plus tard. Je l'ai accompagné jusqu'à son appartement havrais. C'est la dernière image que je conserve de lui : écroulé plutôt qu'assis dans son vieux fauteuil de cuir, il a les yeux fermés et les mains jointes, comme s'il était déjà au seuil du paradis des hommes de bien.

Georges Pompidou

George Pompidou devait succéder au Général dont il avait été plusieurs années durant le plus proche collaborateur, mais qui, apparemment, ne lui avait pas pardonné de briguer, puis d'obtenir, sa succession. À telle enseigne que, se rendant à Colombey le surlendemain de la mort de l'homme du 18-Juin, Pompidou avait trouvé le cercueil fermé sur ordre d'Yvonne de Gaulle.

Mes rapports avec Pompidou avaient connu des débuts très orageux, d'abord à l'occasion d'une interview ratée. Alors qu'il était encore à Matignon, j'avais émis le vœu de venir lui poser quelques questions. Il avait refusé plusieurs fois, avant que le danseur Jacques Chazot, notre meilleur ami à tous les deux, le convainque de me recevoir. C'était, je crois, à la fin d'une rude semaine. Sur la table de travail du Premier ministre, un empilement de parapheurs le dissimulait presque entièrement. J'avais balbutié quelques interrogations demeurées sans réponses, tandis que, sans se donner la peine de faire semblant de m'écouter, Pompidou signait son courrier. Au bout d'un quart d'heure, je m'étais enfui comme un voleur qui n'aurait rien pu voler.

Six mois s'étaient écoulés. Une certaine presse avait insinué que Claude Pompidou participait à des sauteries débridées durant ses séjours tropéziens. Un soi-disant témoin assurait même l'avoir vu danser joue contre joue avec Alain Delon. Or, quelques jours plus tard, relatant une soirée bien parisienne, j'avais cité le nom des personnalités présentes en faisant suivre le patronyme de Claude Pompidou de celui d'Alain Delon. Pompidou, furieux, avait vu dans cette promiscuité fortuite une intention maligne, pour ne pas dire calomnieuse. Afin de le calmer, je dus lui adresser une missive d'excuses. La rancune suscitée par ces commérages ne le quitta jamais. Un jour, il me montra une liste de noms qu'il conservait dans la poche poitrine de son veston :

— Ce sont les salauds qui ont voulu déshonorer ma femme. Je ne les oublierai jamais.

Désigné président de la République, il m'invita, ainsi que les dirigeants du *Figaro*, à un grand déjeuner à l'Élysée. Cette fois, l'atmosphère était assez cordiale pour qu'il me demande, au dessert, si j'aimais la crème au chocolat. Or, trois semaines plus tôt, j'avais échappé *in extremis* à une grave intoxication due précisément à cette onctueuse préparation. Ayant assuré à Pompidou que j'appréciais un dessert dont j'avais raffolé, mais qui m'était désormais interdit sous peine de finir prématurément mes jours, il ordonna au maître d'hôtel de me resservir une portion que, par respect du magistrat suprême, j'ingurgitai jusqu'à la lie. Rentrant d'urgence chez moi, je téléphonai à ma femme :

— Pompidou m'a forcé à reprendre deux fois de la crème au chocolat. Je crains le pire. Appelle un médecin urgentiste.

La crème redoutée est cependant passée comme une lettre à la poste. J'en consomme de nouveau de temps en temps.

Giscard d'Estaing

Avec Giscard, les premiers contacts avaient été plutôt réussis. Le nouveau président déployait tous ses charmes – et il n'en manquait pas – pour séduire ceux que l'on commençait à appeler les « communicants ». Par deux fois, il avait participé au journal de 13 heures que je présentais sur RTL. Et puis, comme ses prédécesseurs, il avait reçu à déjeuner l'équipe dirigeante du *Figaro*. La chère avait été fine et la conversation joyeuse.

Ce n'est que le lendemain que mon ciel s'assombrit avec l'annonce d'un contrôle fiscal qui devait durer dix ans. François Léotard devait me révéler que Giscard avait pris personnellement la décision de cette brimade. Non sans m'avoir expliqué :

— Valéry a toujours eu de très mauvais rapports avec l'argent des autres.

Il avait l'habitude de regarder par une fenêtre du premier étage ses hôtes s'éloigner. Il m'avait vu monter sur la banquette arrière de la Rolls-Royce dans laquelle je me prélassais à l'époque. Le contrôle ne donna rien, mais m'angoissa beaucoup au début et me fit perdre pas mal de temps ensuite.

François Mitterrand

La dégelée que François Mitterrand infligea à Giscard en 1981 ne me consola pas. Je me méfiais d'autant plus de ce grand bourgeois progressiste qu'il avait fait entrer quatre communistes dans son premier gouvernement.

Pendant son premier septennat, je n'ai pas manqué de l'attaquer ou de le fuir. Un jour pourtant, à l'occasion de la remise d'une décoration à mon vieux copain Léon Zitrone, j'acceptai d'assister à la cérémonie. Mitterrand me reconnut tout de suite et me gratifia d'un :

— Alors, vous êtes venu quand même ?

À la fin de son premier septennat, saisi par le remords, je consacrai l'une de mes chroniques hebdomadaires du *Figaro Magazine* à la reconnaissance des éminentes qualités de mon ancienne tête de Turc. Ce n'était pas la meilleure tribune et mon admiration, jugée incongrue, me valut plus d'un millier de lettres d'engueulade. Un record !

Le lendemain de la parution, Mitterrand me téléphona pour me dire qu'il avait été sensible à mon soutien tardif. Puis il m'invita à venir petit-déjeuner avec lui. Bien qu'il eût la réputation de n'être jamais à l'heure (en fait, comme les retards des avions d'Air Inter, les siens se produisaient surtout en fin de journée), j'arrivai à l'Élysée avec un peu d'avance. On me fit entrer sans attendre dans un petit salon où était dressée la table du repas que nous allions partager. À peine avais-je eu le temps de m'asseoir qu'un huissier à chaîne poussait la porte en claironnant : « Monsieur le président de la République ! », comme si l'on avait appréhendé que je ne le reconnusse pas. Mitterrand me serra les deux mains. Un maître d'hôtel versa le thé et brisa la coquille des œufs coque. Après quelques banalités, je lui lançai une remarque que j'avais minutieusement préparée :

— Monsieur le président, rien ne m'attriste plus que la lutte des classes qui oppose de manière parfois fratricide les citoyens d'un même pays.

Le visage de mon hôte s'empourpra. Son ton, jusque-là très aimable, devint cassant :

— Monsieur Bouvard, sachez que sans la lutte des classes il n'y aurait jamais eu de progrès social en France.

Ayant compris qu'il était préférable de changer de sujet, j'embrayai sur notre admiration commune pour Jules Renard. Le sourire revint sur ses lèvres. Pendant l'heure et demie qui suivie, nous échangeâmes les citations de notre humoriste favori. Toutes les dix minutes, l'huissier à chaîne déposait sur notre table un bristol rappelant ses rendez-vous au chef de l'État, tandis qu'il m'interrogeait sur l'édition des œuvres de l'auteur de *Poil de carotte* que je possédais. Puis il me fit l'honneur de me raccompagner jusqu'à la porte de son palais.

Reprenant le chemin de mon bureau, je tempérai ma satisfaction. Si Mitterrand s'était montré aussi aimable, sans doute s'était-il souvenu que je dirigeais un grand quotidien, *France-Soir*, plutôt du côté de l'opposition.

J'avais presque oublié notre rencontre lorsque, une semaine après, un gendarme motocycliste sonna à la porte de ma maison, rue Saint-Ferdinand. Pas pour m'apporter une contravention, mais pour me déposer un petit paquet et une lettre. La lettre – deux feuillets manuscrits – émanait du président de la République. Le paquet recelait un livre de Jules Renard. Mitterrand revenait d'abord sur le plaisir qu'il avait eu à m'accueillir ; ensuite, il m'expliquait que mon édition de Jules Renard n'était pas complète et qu'il avait déniché le volume manquant au cours de l'une des tournées des libraires qu'il faisait tous les lundis en compagnie de son ami Georges

Kiejman ; enfin il me citait plusieurs boutades, particulièrement bien venues, du grand Jules. Je le remerciai aussitôt par une missive d'un graphisme moins élégant. La semaine suivante, re-motard, autre paquet et nouvelle lettre présidentielle. Deux feuillets toujours manuscrits, alors que l'actualité politique et internationale aurait pu l'occuper à plein temps, Mitterrand complétait de nouveau ma collection de bouquins et de belles phrases.

Jamais la France n'a été dirigée par un monarque républicain aussi bien organisé. Sans que l'on puisse lui reprocher de négliger les devoirs de sa charge, « la Mitte », comme l'avaient surnommé ses détracteurs, prenait discrètement un hélicoptère pour disputer une partie de golf ou pour rejoindre une des petites actrices auprès desquelles il goûtait le repos du guerrier.

Certes, des rumeurs – peu nombreuses et toujours sans preuves – faisaient état d'un cancer qu'il ne se donnait même pas la peine de démentir. C'est après son départ de l'Élysée que l'on apprit de façon quasi officielle que la tumeur maligne était apparue dès la veille de son premier septennat. Mitterrand eut encore la force de participer à l'élection de son successeur. Entre les deux Premiers ministres que les cohabitations lui avaient imposés, il ne cachait pas préférer Jacques Chirac à Édouard Balladur.

Se sachant condamné, Mitterrand s'isola loin du monde, de la politique et de la famille dans un petit appartement où, au jour et à l'heure qu'il avait fixés, il ingurgita un cocktail lytique. La semaine suivante, des photos montrèrent Danielle Mitterrand et Anne Pingeot côte à côte dans le cimetière de Jarnac, le jour des obsèques qui ne furent rien moins que nationales.

Jacques Chirac

Avec Jacques Chirac, les contacts étaient plus simples, moins cérémonieux. J'ai même eu droit à une conversation de trois heures avec lui un jour où Guy Drut, son entraîneur sportif dont il devait faire plus tard un ministre des Sports, l'avait convié à la foire aux fromages de Coulommiers, où il exerçait à l'époque la fonction de maire. Avec Drut (qui me demanda de préfacer ses mémoires, alors que je n'ai jamais assisté à aucun match de ma vie), j'avais trois points communs : notre naissance un 6 décembre (pas la même année !) dans la petite ville briarde et notre dilection pour le mari de Bernadette (surtout les jours où elle n'était pas là).

Pendant cent quatre-vingts minutes, j'ai pu aborder tous les sujets avec le grand Jacques. Une force de la nature, connu pour croquer la vie à pleines dents, mais qui démentait la passion quasi exclusive qu'on lui prêtait pour la tête de veau car sa carrière politique lui avait fait affronter beaucoup plus de têtes de cochon.

Je l'ai revu ensuite, lorsque, au lendemain de son intronisation, il célébra dans la cour des Invalides les obsèques de notre très cher ami commun Robert-André Vivien ; puis, de temps à autre, à l'Élysée.

Sans doute ne supporta-t-il pas de devoir s'éloigner du pouvoir, puisque ce colosse d'une belle agilité intellectuelle, qui courait le matin et qui cavalait le soir, fut frappé d'Alzheimer, avec, au bout de quelques mois, des complications si graves qu'on ne lui donnait plus que quelques jours à vivre. Or, il survécut pendant deux ans sans qu'aucun des professeurs de médecine qui s'étaient relayés à son chevet fût capable d'expliquer sa longue rémission. Il en fut de même pour sa veuve à laquelle on prédisait – sans le lui dire – qu'elle allait bientôt rejoindre son mari et qui retrouva en quelques semaines la santé.

Nicolas Sarkozy

Lorsque je rencontrai « Sarko » pour la première fois, il avait vingt-sept ans et était maire de Neuilly. Tous les trois ans, j'avais l'occasion de le revoir en sa mairie à l'occasion de l'un des mariages d'Eddie Barclay dont j'étais l'un des témoins attitrés. Tout de suite, j'ai été conquis par la rapidité de son intelligence, par la clarté de ses propos, par la simplicité de son comportement, que n'altéra pas son accession au sommet.

J'étais tout près de lui à son quartier général lorsque, le 16 mai 2007, vers 18 heures, un émissaire des renseignements généraux vint le prévenir que les carottes étaient cuites (*sic*). Il partit à toute allure en direction du pouvoir, des soucis et de la gloire. Le soir, il réunit quelques amis au Fouquet's. Seule fausse note, Cécilia (née Albeniz) ne le rejoignit qu'à la fin du repas. Elle devait d'ailleurs demander le divorce quelques semaines plus tard, avant d'épouser Richard Attias, l'organisateur de la campagne électorale de Nicolas.

En fait, je n'ai jamais quitté Sarko. Avant qu'il devienne président de la République, je le revoyais place Beauvau quand il était ministre de l'Intérieur, en tête à tête pour déjeuner chez moi lors de ses traversées du désert, en campagne électorale, à l'Élysée et ensuite dans son bureau de la rue de Miromesnil où je retrouvai ses manies tactiles lorsque, tout en bavardant, il tirait sur ma cravate ou sur mes bretelles.

La dernière fois que je l'ai vu, c'était à Cannes. Après un récital donné au casino par Carla Bruni, nous étions allés dîner dans un très petit bistrot, cornaqués par Bernard Brochand, alors doyen de l'Assemblée nationale. Depuis, il m'a téléphoné pour mon anniversaire qui tombe le jour de la Saint-Nicolas. J'ai compati aux dix années de poursuites et aux condamnations que lui a values la vindicte de magistrats qu'il avait eu, un jour, l'imprudence de comparer à des « petits pois » tous semblables. Non sans noter sa stupéfiante contradiction : alors que « Sarko » venait d'écoper de deux peines de prison ferme à purger à domicile sous la surveillance d'un bracelet électronique, il s'est rendu plusieurs fois à l'Élysée lorsque Emmanuel Macron souhaitait le consulter. Je suis persuadé que, sans l'animosité des auxiliaires de la justice, il aurait pu être de nouveau candidat. Et sans doute l'emporter.

Nicolas Sarkozy aura été « mon » dernier président car je n'ai jamais eu l'envie ni la possibilité d'approcher François Hollande, puis Emmanuel Macron. J'ai cependant noté, à leurs propos, quelques détails assez signifiants.

François Hollande

Hollande fut sans doute le plus diplômé et le moins charismatique de tous les locataires éphémères de l'Élysée. Bien que sorti à la fois de l'Ena, de l'Essec et de Sciences Po, il n'a jamais été ministre, s'étant vu préférer par François Mitterrand Ségolène Royal avec qui il vivait maritalement sans espoir de mariage.

Personnage paradoxal, ce célibataire obstiné aura été l'artisan de l'« union pour tous », avant de sauter enfin le pas à l'âge de soixante-sept ans. On lui a connu quelques maîtresses. D'abord, à son arrivée au pouvoir, Valérie Trierweiler, qui se vengea d'avoir été larguée en publiant un livre très drôle et très méchant sur son ancien amant. Ensuite Julie Gayet, excellente actrice dans de nombreux films, mais qui n'accéda véritablement au vedettariat que lorsqu'elle joua – hors caméra – des scènes d'amour avec le chef de l'État. Dans le garage de l'Élysée stationnait toujours le scooter sur lequel, à la nuit tombée, François Hollande, piloté par un garde du corps, rejoignait celui de sa bien-aimée dans une garçonnière de la rue du Cirque.

Un bémol en sa faveur toutefois : il s'est montré à la hauteur de l'attentat de *Charlie Hebdo*, puis à celui du Bataclan, en organisant à Paris un hommage officiel auquel participèrent une vingtaine de ses homologues.

Emmanuel Macron

Il n'a pas le physique de l'emploi : trop jeune, trop svelte, trop lisse, trop de cheveux et pas assez de ventre. On peut lui reprocher également les « défauts de ses qualités ». Doté d'un très fort QI, il est incapable de dissimuler son mépris pour moins intelligent que lui, c'est-à-dire pour tous les citoyens, y compris ceux qui ont voté pour lui. Une attitude visible à la télévision lorsqu'il répond à ses contradicteurs avec nonchalance et un petit sourire. Imputables à la fatigue ou à une stratégie, ses « longues périodes » de retrait ont fini par lui coûter les législatives en éloignant ses plus fidèles soutiens.

Il est pour moi le champion de la contradiction. Pétri de bons sentiments, il a trahi le président qui l'avait successivement promu secrétaire général adjoint de l'Élysée, puis ministre de l'Économie. Son parcours exceptionnel lui a valu d'être sorti le cinquième de l'Ena, d'être passé directement d'une boutonnière vierge au collier de grand-maître de la Légion d'honneur et de bénéficier d'une centaine de collaborateurs. Moyennant quoi, après avoir accédé à la magistrature suprême, il a supprimé l'Ena et l'une des trois promotions annuelles de notre premier ordre national, avant de priver au bout de dix ans les anciens Premiers ministres de leur unique secrétaire.

Devenu à son tour président, il a déniché un remarquable Premier ministre en la personne d'Édouard Philippe, jusque-là maire du Havre et inconnu du grand public. Après trois années de bons et loyaux services, il l'a délogé de l'hôtel Matignon. Une rupture que les politologues ont attribuée à ce que, en dépit de sa franchise et de sa sévérité, le numéro deux était devenu plus populaire que le numéro un. Par la suite, les rapports entre les deux hommes n'ont pas dû s'arranger, puisque, à ce qu'il paraît, Édouard Philippe n'aurait pas jugé opportun de féliciter Emmanuel Macron pour sa réélection, avant de s'associer du bout des lèvres à la majorité présidentielle.

Après avoir rappelé qu'il s'était toujours battu pour l'égalité entre les deux principaux sexes, Macron a rebataillé le jour même avec l'espoir – concrétisé pour l'instant – qu'une femme n'entrerait jamais à l'Élysée autrement que pour partager le lit du chef de l'État. Il ne faut surtout pas oublier que c'est sous sa houlette qu'Élisabeth Borne a pris la tête du gouvernement et que Yaël Braun-Pivet a pris la présidence de l'Assemblée nationale. Une première.

Bien sûr, je ne fais pas grief à Macron d'avoir fait sa première dame de l'enseignante qui l'avait séduit lorsqu'il n'avait que dix-sept ans. Mais je remarque que, dans la même situation, l'infortunée Gabrielle Russier eut moins de chance, puisque, mise au ban de la nation, elle finit par se suicider en 1969.

Reste la situation matérielle d'Emmanuel Macron. Avant de bénéficier, sans loyer, sans charges et avec domesticité, du palais de l'Élysée, du pavillon de La Lanterne et du fort de Brégançon, il avait fait emplette d'une petite maison au Touquet. Or, cette propriété a disparu du patrimoine rendu public à sa seconde candidature. Comme s'il avait eu des ennuis d'argent ou – plus vraisemblable – comme s'il n'avait pas voulu effaroucher les électeurs de gauche avec un immobilier très bourgeois. L'interdiction de s'enrichir figure d'ailleurs en tête des recommandations signifiées aux princes qui nous gouvernent. Ce qui donne à penser que les Français ne confient la gestion de leurs affaires qu'à des notables qui n'ont pas trop bien réussi les leurs.

Le second quinquennat d'Emmanuel Ier s'annonce très difficile. Non seulement la pandémie a dévasté la France, mais, à en croire les calculs de Bruno Le Maire, notre grand argentier, le « quoi qu'il en coûte » a fait atteindre la cote d'alerte à notre dette publique. Si l'on ajoute à cela que Macron n'a pas pu ou pas osé tenir ses principales promesses, concernant par exemple les retraites, le pouvoir d'achat et la sécurité, force est de se demander comment il pourra faire mieux avec une majorité relative qu'à l'aide d'une majorité absolue.

Son unique espoir se nomme, pour l'instant, Élisabeth Borne. Une maîtresse femme connue pour n'être la maîtresse de personne. Alors qu'on identifiait les discours de Jaurès à ce que tous les verbes sacrifiaient au futur, la conjugaison favorite de la locataire (forcément précaire) de l'hôtel Matignon semble être l'impératif.

Au moins jusqu'à ce qu'un analyste friand de sagesse populaire claironne : « Lorsque la limite est franchie, il n'y a plus de Borne. »

Mes grands originaux

La première moitié du XXe siècle qui a vu ma naissance, limité ma croissance et toléré mon impertinence, a été l'ultime prolongement – après enjambement de la Première Guerre mondiale – de la « Belle Époque », c'est-à-dire des quelques décennies durant lesquelles il n'était pas encore honteux de faire fortune et de collectionner les bonnes fortunes.

Ce n'est pas l'un des moindres paradoxes de ces années un peu folles que la liberté était plus grande, alors que la morale était moins exigeante. On pouvait offrir un « petit café » à une demoiselle inconnue sans être déféré à la justice pour harcèlement de rue. L'État ne mettait pas son nez partout, seuls les riches acquittaient l'impôt, les prêtres se bornaient à lutiner quelques paroissiennes et de Gaulle faisait figure de Bon Dieu. Certes, le progrès ne méritait pas encore d'être appelé technologie, mais on connaissait déjà l'électricité, le téléphone et la voiture, bien qu'il fallût compter deux grandes journées entrecoupées par une escale nocturne pour aller de

Paris à Nice par la route. Sur le même trajet, l'avion mettait à peu près le même temps qu'aujourd'hui mais n'arrivait pas toujours à destination.

La société française était, elle aussi, fort différente. Faute de télévision, la notoriété était plus rare et l'on comprenait mieux le patronyme des privilégiés qui en bénéficiaient car, à la radio, les présentateurs précipitaient moins leur débit, comme s'ils n'eussent pas encore été pressés de rentrer chez eux. Mais surtout, l'excentricité était bien vue et l'on ne cachait pas sa réussite. Les grands patrons avaient d'autres ambitions que celle de ressembler à leurs employés. Les écrivains à succès et les têtes d'affiche du spectacle roulaient carrosse sans que les piétons s'en offusquassent. Bref, chacun vivait sa vie sans peur et sans reproche.

Ainsi, les personnages célèbres que je vous invite maintenant à découvrir se singularisaient-ils d'abord par leur façon très personnelle de s'habiller et par des comportements qui passeraient aujourd'hui pour de la provocation.

Salvador Dalí

La peinture – même classique – ne va pas sans fantaisies. On se souvient des moustaches que Marcel Duchamp avait collées sous le nez de la Joconde. On n'a pas oublié non plus Georges Mathieu, qui exécutait le portrait de Don Quichotte en prenant son élan plusieurs dizaines de mètres avant que son pinceau troue la toile.

Le plus excentrique fut toutefois Salvador Dalí. En tout cas, c'est celui que j'ai le mieux connu. Je le retrouvais chaque année à l'hôtel Meurice, où il prenait ses quartiers de printemps entouré par les photographes, les chasseurs d'autographes et les collectionneurs de saillies généralement incompréhensibles. Gala, son épouse, qui avait été celle de Paul Éluard, l'accompagnait rarement. Sa suite ordinaire était composée du capitaine Moore, son secrétaire particulier, et d'un boucher retraité qu'il avait surnommé Louis XIV en raison d'une tignasse bouclée ressemblant à la perruque du Roi-Soleil et de la couleur de la plantation capillaire d'Amanda Lear, d'apparence androgyne à l'époque, dont il prétendait – sans entrer dans les détails – qu'elle l'avait délivré de la masturbation. J'emboîtais le pas au « maître », comme il exigeait qu'on l'appelle, avec mission de relater le lendemain dans les colonnes du *Figaro* les dernières trouvailles du seigneur de Cadaqués.

Avec lui, on avait le droit chaque jour à une nouvelle surprise. Ayant accepté de faire une conférence devant les polytechniciens, Dalí arriva à l'École dans une Rolls-Royce pleine de choux-fleurs. Un légume populaire, insolite dans une limousine de luxe, mais pas choisi au hasard, puisque, dans sa causerie, Dalí devait expliquer que la famille des brassicacées constituait le chef-d'œuvre le plus abouti – après lui-même – du Créateur de toutes choses. Dalí, qui lisait un peu et écoutait beaucoup, fut le premier à parler de l'ADN, précisant chaque fois, avec son accent catalan, qu'il s'agissait de l'acide désoxyribonucléique. Tandis qu'il battait la campagne, ses auditeurs subjugués admiraient son sérieux imperturbable. Je crois avoir été le seul à percevoir la jubilation dans le léger frémissement de sa moustache lorsque des salves d'applaudissements entrecoupaient ses délires.

En France, Dalí était accueilli et fêté comme une grande vedette. Le roi d'Espagne l'avait fait marquis de Púbol. Il vendait très cher de pseudo-aquarelles dont l'unique motif était sa signature.

Le génial horloger des montres molles, si assisté de son vivant, est mort tout seul, brûlé vif par la faute d'un mégot mal éteint ayant mis le feu à ses draps. Ce ne sont donc que ses cendres qui ont été cryogénisées.

Georges Simenon

Doté d'un talent qui, nonobstant son apparente simplicité, confinait au génie, le romancier le plus lu et le plus adapté au cinéma de son siècle ne constituait pas pour autant un modèle de père de famille. Parce qu'elles ne supportaient pas son caractère dictatorial et son infidélité chronique, ses deux épouses avaient connu de graves problèmes psychiatriques. Son fils s'était réfugié dans l'alcoolisme et sa fille avait mis fin à ses jours. Mais l'homme était assez attachant, bien qu'on ne lui restât pas longtemps attaché.

Pour les besoins d'un grand portrait dans *Paris Match*, il m'avait invité à séjourner durant trente-six heures dans sa villa-bunker d'Épalinges, près de Lausanne Une énorme bâtisse dont les agencements de la plupart des pièces traduisaient un sens paranoïaque de l'organisation. D'abord, la « librairie », une centaine de mètres carrés où étaient entassées toutes les traductions (parfois plusieurs centaines) de ses œuvres. Ensuite, le bloc opératoire où cet hypocondriaque avait fait installer tout le matériel chirurgical nécessaire en cas d'intervention urgente. La salle à manger communiquait avec la cuisine par l'un de ces disgracieux guichets dont il avait la manie. Le vaste bureau où il s'enfermait plusieurs jours quand il s'attelait à l'écriture d'un roman ne s'ouvrait alors que de cette façon, par une planchette où le personnel avait pour mission de déposer la nourriture sans proférer une parole et sans être vu. Le père de Maigret se condamnait ainsi à la réclusion momentanée. Il m'expliqua que ses personnages, souvent suggérés par la réalité, devenaient plus importants que les membres de sa famille.

Avant d'envoyer son manuscrit à l'éditeur et au producteur qui en avaient déjà réservé les droits,

Simenon s'astreignait à l'épreuve du « gueuloir ». C'est-à-dire qu'il relisait toutes ses phrases à haute voix. Venait enfin la récompense. Le chauffeur qui attendait en permanence le romancier devant la porte de sa résidence le déposait dans un petit cabaret de Lausanne où le maître avait ses habitudes sexuelles. Ainsi, un jour où les chiffres lui paraissaient avoir plus de chance que les lettres, avait-il évalué à dix mille le nombre des partenaires occasionnelles chargées, moyennant finances, de concrétiser ses fantasmes. Dans sa jeunesse – et pour moins cher –, Simenon avait été l'amant d'une femme célèbre, considérée comme la plus sexy de la planète : Joséphine Baker qui, pour lui plaire, dansait devant lui vêtue d'une simple ceinture de bananes.

Les années passèrent. Pour une dernière interview, je retrouvai Simenon dans la maisonnette qui avait succédé au bunker, une minuscule demeure assortie d'un petit jardin sur la pelouse duquel il avait dispersé les cendres de sa fille. Il vivait là, sans jamais sortir, en compagnie de Teresa que j'avais déjà vue à Épalinges, mais dans un tout autre emploi que celui de concubine, puisque, affectée alors au ménage, elle changeait les draps de son lit sans lui ouvrir encore le sien.

Simenon était devenu l'ombre de lui-même. Non seulement il avait beaucoup maigri, mais lui, disert jusqu'à la prolixité, ne desserrait plus les lèvres. À toutes les questions que j'avais préparées, c'était Teresa qui répondait.

Je revois parfois en songe, la pipe à la bouche et l'air faussement détendu, l'inépuisable romancier qui, préalablement à cent quatre-vingt-treize romans signés, avait publié sous vingt-sept pseudonymes cent cinquante-huit nouvelles.

Dans la foulée onirique, je revois également Michel Simon, Jean Gabin et Bruno Cremer, interprètes défunts du célèbre commissaire, ainsi que Gérard Depardieu, heureusement toujours vivant. Simenon m'aura fait découvrir que le génie ne constitue pas seulement une longue patience pour celui qui en bénéficie, mais un supplice quotidien pour ses proches lorsque ceux-ci ne parviennent pas à s'éloigner.

Henri Salvador

Il aura été sans conteste le plus drôle, le plus impertinent et le plus farceur de tous mes contemporains. Né en Guyane, il avait commencé son parcours comme chanteur soliste-guitariste-comique dans le Grand Orchestre de Ray Ventura. Vedette des cinémas et de la télévision, il était d'abord connu pour son rire en cascade, inextinguible et tonitruant, au point qu'il en avait fait un disque sans musique et sans paroles. Avec ses droits d'auteur, il s'était offert, donnant sur la place Vendôme, la plus belle garçonnière de Paris, et à Cannes, place de l'Étang, une minuscule villa jouxtant le terrain de pétanque, toujours en vente quatorze années après sa disparition.

Peu embarrassé par les convenances, il s'était fait une spécialité de dire en public ce que l'on n'ose pas toujours dire en privé. En témoigne ce déjeuner que nous avions pris ensemble à la brasserie Lipp. À côté d'Henri était assise une jeune femme assez belle et qui avait un petit chien sur les genoux. Au bout d'un moment, le petit chien passa des rotules de la belle dame à la braguette du joyeux Henri. Très gênée par ce transfert, la dame s'était confondue en excuses :

— Que faire, monsieur Salvador, pour me faire pardonner ?

La réponse de Salvador fut immédiate :

— Vous n'avez qu'à prendre la place du chien…

Une autre fois, j'avais emmené le voir au théâtre de l'ABC, où triomphait son show, une tante octogénaire, bigote et coincée, dont il était la vedette préférée. À l'entracte, escorté de l'avunculaire, je poussai la porte de sa loge où il était en train de se remaquiller. Non sans explications :

— Henri, je te présente ma tante qui t'adore…

L'idole, qui nous avait vus arriver dans son miroir, ne se retourna même pas pour lancer :

— Elle couche, la vieille ?

Horriblement confus, je dus abréger la visite, craignant d'autres insanités. Dans le couloir, je commençai à bredouiller quelques regrets embarrassés. La tante m'interrompit :

— Qu'est-ce qu'il est drôle, ton copain !

Papillon

Henri Charrière pour l'état civil, il était devenu « Papillon » d'abord pour les mauvais garçons, ses frères d'armes, ensuite pour les éditeurs, pour les journalistes et pour le grand public. Sa réussite ne ressemblait à aucune autre. Ancien forçat, il s'était évadé du bagne de l'île du Diable où il purgeait une longue peine pour le meurtre d'un souteneur dont il guignait le gagne-pain. Il avait ensuite vécu durant une décennie à Caracas, avant d'oser revenir en France, gracié par le président de la République. Non seulement ses mémoires s'étaient vendues dans tous les pays à des millions d'exemplaires et avaient donné lieu à une adaptation cinématographique au fil de laquelle Steve McQueen tenait son rôle, mais encore sa célébrité lui avait valu le statut inattendu de maître à penser. Ainsi, durant des années, ne se produisit-il aucun événement et n'apparut-il aucun phénomène de société sans qu'on sollicitât de sa part un avis qu'il laissait tomber de ses lèvres crevassées par l'alcool, avec le sérieux d'un professeur de faculté.

Encore aujourd'hui, je ne suis pas certain qu'il ait commis tous les crimes dont il s'accusait. Jusqu'à ce que je puisse lire les minutes de son procès d'assises, il restera pour moi l'archétype d'une civilisation qui ne recrute plus ses héros dans les prix de vertu.

Francis Blanche

Ex-plus jeune bachelier de France, un régime amaigrissant l'avait empêché de devenir bien plus tard le doyen des amuseurs. Adulé par le public, triomphant à la fois sur les scènes, sur les écrans, devant les micros et dans les librairies, le surpoids était son seul souci. D'autant que la luxuriance de sa vie privée ne facilitait pas la perte des graisses qu'à partir de quarante ans il qualifia d'« antiques ». Ayant logé ses trois maîtresses dans la même rue, il prenait les hors-d'œuvre chez la première, le plat de résistance chez la deuxième et le dessert chez la troisième. Avant d'aller dormir chez une nouvelle conquête.

Formé à l'école hilarante des Branquignols, il avait fait longtemps équipe à la radio avec Pierre Dac, avant d'envahir avec succès les salles de spectacle. Physiquement disgracié, il séduisait par un esprit cultivé d'une vivacité incroyable. Dix fois par jour, il lançait spontanément des formules aussi géniales que : « Mourez maigre, mourez gros, la différence est pour les porteurs. »

Un mois après la parution d'une grande interview dans laquelle je décrivais l'opulence de la propriété azuréenne où il m'avait invité, je reçus cette missive: «J'ai été ravi de t'accueillir pour déjeuner. Je regrette toutefois que ce repas m'ait coûté deux millions d'impôts supplémentaires réclamés par le fisc qui, avant de te lire, sous-estimait mon train de vie.»

Michel Simon

Quand j'ai fait sa connaissance, Michel Simon avait la réputation d'être le plus bougon, le plus distant, le plus insaisissable des grands acteurs. C'est dire ma surprise lorsqu'il me reçut pour la première fois à bras ouverts. Sur le moment, j'ai pensé qu'il était exceptionnellement plus sociable. Mais comme nous sommes devenus par la suite assez amis, j'en ai déduit que ma compagnie l'amusait.

Citoyen suisse, jamais naturalisé français, il avait d'abord voulu faire carrière dans l'imprimerie, avant que l'on s'avise que ses défauts caractériels à la ville pouvaient devenir des qualités professionnelles au cinéma. Il habitait au Raincy une villa assez laide et pas très propre, dans l'antichambre de laquelle trônait une énorme valise dont le couvercle levé laissait entrevoir du linge et des vêtements froissés. Pauline Carton, la plus talentueuse concierge du cinéma, dont les bagages n'étaient toujours pas complètement défaits dans la chambre du petit hôtel de la rue de Rivoli où elle s'était réfugiée depuis trente ans, m'avait donné la même explication :

— Je ne sais pas si je vais rester... On ne déballe pas ses affaires quand on n'est pas certain de rester.

Si Michel Simon avait voulu regagner son pays natal, les metteurs en scène l'auraient retenu par ses basques, alors qu'il les terrorisait en n'acceptant d'eux aucun ordre et en ignorant leurs consignes. Grassement payé, il vivait très simplement et maritalement avec une guenon prénommée « Zaza ». Il la couvrait de cadeaux et de vêtements chers, l'emmenait partout et l'embrassait sur le front chaque fois qu'on l'accusait de misogynie.

Une fois par mois, je le retrouvais dans un restaurant de la porte Saint-Denis. Après le repas, nous remontions ensemble la rue où stationnaient devant presque chaque porte des beautés peu farouches. Michel les appelait toutes par leur prénom, s'enquérait de la prospérité de leur commerce et de la santé de leurs enfants. Toutes l'appelaient « Monsieur Michel ». Il bavardait un peu plus longtemps avec celles dont il se souvenait qu'elles lui avaient prodigué le meilleur traitement. Car le sexe, avant de passer à l'état de souvenir, avait été longtemps sa préoccupation majeure. Au point qu'un jour, une demi-heure avant la représentation d'une pièce à succès, il avait fait irruption dans le bureau de Simone Berriau, la directrice du théâtre Antoine, lui mettant – si j'ose dire – le marché en mains :

— Tu me fais tout de suite une gâterie ou je ne joue pas ce soir.

Après quelques minutes de suspense, la sollicitée – qui racontait elle-même l'histoire – concluait sobrement :

— Le rideau s'est levé, alors habille-toi.

Jorge Cuevas

Il fut le plus petit des grands d'Espagne, en même temps que le plus prodigue mécène de la danse. Pour ce faire, il avait épousé l'héritière des Rockefeller, plus intéressée par son titre que par lui-même.

Le « marquis de Cuevas » n'avait d'yeux que pour ses ballets. Chaperonnant ses danseurs dans des tournées qui les menaient parfois aux antipodes, il ne ratait jamais une représentation et montait à deux reprises sur scène : d'abord pour présenter sa troupe, ensuite pour donner le signal des applaudissements en hurlant son enthousiasme.

Nos relations étaient assez amicales pour qu'il ne s'étonnât pas que je lui rendisse visite dans sa villa cannoise, alors qu'il était très malade. Plus pâle et plus minuscule qu'à l'accoutumée, il me remercia d'être venu, mais me reprocha de ne pas m'être fait accompagner d'un photographe :

— Tu aurais eu mon dernier portrait.

Le surlendemain, il rejoignait ses glorieux ancêtres.

Françoise Sagan

Elle avait dix-huit ans lorsque *Bonjour tristesse*, son premier livre, devint le succès de l'année après avoir reçu la bénédiction de François Mauriac. Un talent que confirmèrent d'autres romans, des scénarios et des pièces de théâtre.

Je dois une fois de plus à Jacques Chazot de l'avoir rencontrée. Jusqu'au bout, elle constitua le centre du petit cercle amical animé par Bernard Frank. Elle n'était ni sexy ni jolie, mais elle possédait le charme que confèrent la réussite et de substantiels droits d'auteur. Elle avait épousé successivement Bob Westhoff, qui fut le père de son fils unique, et Guy Schoeller, un éditeur play-boy dont l'invention du livre de poche avait déjà bien rempli les siennes.

Longtemps, elle avait mené grand train dans son manoir d'Équemauville acquis avec le gain d'une mémorable partie (pour une fois très bénéficiaire) de chemin de fer au casino de Deauville. L'été, elle louait à Saint-Tropez une villa dont la piscine attirait de nombreux pique-assiette. Or, chez elle, l'esprit n'avait pas arrêté le cœur. Elle avait accepté très gentiment de répondre aux questions saugrenues d'un journaliste débutant nommé Pierre Desproges. Une interview sans queue ni tête qui constitue encore aujourd'hui un morceau d'anthologie.

Le point faible de Sagan (de son vrai nom Françoise Quoirez) n'était pas les hommes – assez racés et sportifs pour qu'elle en fît rapidement le tour –, mais les paradis artificiels qui détériorèrent un peu plus une santé déjà éprouvée par le diabète, les accidents de voiture et le jeu, qui l'avait conduite au bord de la ruine. On avait d'ailleurs dû, alors que François Mitterrand l'avait invitée à l'accompagner durant un voyage officiel, la rapatrier pour l'hospitaliser d'urgence. Toutes sortes de problèmes avaient fini par interrompre notre relation car je ne lui avais pas pardonné qu'un jour où elle devait avoir – en direct – la vedette de « Samedi soir », elle oublia de venir à notre rendez-vous sans articuler un seul mot d'excuse.

La dernière image que je conserve d'elle se situe quelques mois avant sa disparition, dans un petit casino de province dont j'avais poussé par hasard la porte. Assise toute seule devant une table de roulette, elle voyait fondre peu à peu les derniers vestiges de sa prospérité passée, avec le fatalisme des accros au hasard qui trouvent plus de plaisir dans la perte que dans le gain. Son regard était si perdu qu'elle ne m'a pas vu et que j'ai fui sur la pointe des pieds, sans lui avoir adressé la parole.

Marcel Dassault

Il ne ressemblait à personne. Doté d'un physique malingre et souffreteux lui ayant toutefois permis de survivre à la déportation, bénéficiant d'un génie créatif auquel il devait d'avoir su dessiner et construire les avions les plus performants, il avait accumulé les milliards et les manies. Éternellement coiffé d'un large feutre blanc, il portait en toute saison des lunettes de soleil et un gros cache-nez. Son antichambre ne désemplissait pas car il avait la réputation d'aider les débutants dans tous les domaines, à condition qu'ils ne fussent pas moustachus et barbus car il avait horreur des poils qu'il ne tolérait que sur son chien.

En raison de mon visage glabre et de ma jeunesse, il m'accorda un entretien qui ne dura pas très longtemps car, à la question concernant la détention d'une fortune que l'on disait la plus importante de France et peut-être d'Europe, il me répondit :

— Vous faites erreur, mon petit, je ne suis qu'un citoyen parmi beaucoup d'autres. Je ne prends que deux repas par jour et ma voiture n'a que quatre roues.

Puis, me montrant son poignet nu et décharné :

— Regardez, je n'ai même pas de montre...

Après quoi il m'avait indiqué la porte.

Quelques années plus tard, j'ai suivi la campagne électorale à l'issue de laquelle des électeurs souvent smicards le choisirent comme député, grâce à une méthode de persuasion très personnelle. Il quêtait les suffrages en passant de son palais parisien aux plus humbles demeures. Après quelques minutes de monologue, il laissait la moitié d'un billet de 500 francs sur la table de la salle à manger et revenait, le lendemain d'un scrutin qui ne pouvait lui être que favorable, avec l'autre moitié.

Bernard Tapie

Son activité de repreneur d'entreprises en faillite ou en difficulté m'ayant très tôt intéressé, il m'avait accordé l'une de ses premières interviews.

Réception cordiale dans ses bureaux de l'avenue de Friedland, proche de la place de l'Étoile – une pépinière de jolies secrétaires et de jeunes collaborateurs dynamiques – et me mit à l'aise tout de suite :

— Tutoyons-nous, ça facilitera l'entretien.

Pendant plus d'une heure, il répondit à mes questions. Oui, il rachetait les sociétés pour un franc symbolique. Oui, il congédiait sans indemnités la moitié du personnel. Oui, les syndicats étaient d'accord. Oui, une fois la situation assainie, il revendait très cher ce qu'il n'avait pas payé.

Sur le palier, où il m'avait accompagné, il posa fraternellement sa main sur mon épaule :

— Tu es jeune, tu es sympathique, tu es déjà connu et tu es très élégant. Tu devrais créer ta marque de prêt-à-porter.

Un rêve que devait interrompre à jamais le grand miroir placé au rez-de-chaussée, en face de la porte de l'ascenseur : j'y apparaissais comme à l'accoutumée, c'est-à-dire fagoté dans un complet trop grand et froissé.

Qu'importe, j'étais conquis par le personnage et je lui suis demeuré fidèle, en dépit de ses nombreux accidents de parcours. Non sans mérite car il était difficile à suivre, changeant de métier presque tous les ans, essayant de tout faire et le faisant bien. La seule erreur qu'il reconnaissait – en privé – était d'avoir quitté les affaires pour la politique. D'autant que, pour devenir député de Marseille, il avait dû charger le Crédit Lyonnais de revendre Adidas, la plus importante firme d'équipements sportifs du monde. Une fontaine de profits qui s'était transformée, durant les deux décennies qui suivirent, en source d'ennuis de plus en plus graves.

De l'Assemblée nationale, il était passé au gouvernement sur la recommandation de Michel Charasse, très proche conseiller de François Mitterrand. Le président de la République avait souhaité rencontrer quelqu'un de drôle et de vif qui le changerait de ses fréquentations habituelles. Comme il fallait s'y attendre, Bernard avait séduit François. Au point de se voir confier le premier ministère de la Ville. Une responsabilité qu'interrompit très rapidement un procès intenté par Georges Tranchant, un ancien associé. Deux mois plus tard, blanchi par la justice, Tapie retrouva son portefeuille, qu'il échangera ensuite contre l'insigne de député de Marseille, ville dont il avait présidé le fameux OM. Puis, il porta les couleurs des radicaux de gauche aux élections européennes.

En 1997, il purge six mois de prison pour fraude fiscale. À sa sortie, il retrouve le *Phocéa*, un yacht racheté à la société Alain-Colas-Tahiti. Il ne revient pas à la politique ni aux affaires, préférant tenter sa chance dans l'industrie du spectacle. Pas comme producteur, mais comme acteur, alors qu'il n'a jamais appris ni exercé ce métier. Il commence par partager avec Fabrice Luchini la vedette d'*Hommes, femmes : mode d'emploi* de Claude Lelouch. Quand il annonce qu'il va faire du théâtre, on sourit ou l'on hausse les épaules. D'autant qu'il décroche le premier rôle dans *Vol au-dessus d'un nid de coucou*, réputé l'un des plus difficiles du répertoire. C'est un triomphe pendant vingt-cinq représentations.

Le feuilleton qui suit, et qui va durer plusieurs années, alterne échecs et succès. Tapie accuse le Crédit Lyonnais d'avoir conservé à son profit une partie du produit de la vente d'Adidas. Les enquêtes, les interrogatoires et les audiences se succèdent. À la faveur d'un arbitrage qui sera ensuite contesté, « Nanard » obtient quatre cents millions d'euros augmentés d'un préjudice moral qui fera sourire certains moralistes. L'État fait appel. Le jugement est cassé. Tapie est non seulement condamné à rembourser les sommes qu'on estime ne pas lui devoir, mais également les intérêts du pactole. Un verdict contre lequel il s'insurge lors d'une ultime action en justice. À telle enseigne que Dominique, sa veuve, refusera un héritage n'existant plus que sous la forme d'un lourd passif.

Sans être dupe de ses combines, j'ai éprouvé beaucoup d'admiration et d'affection pour Bernard Tapie. Durant sa dernière hospitalisation, je lui téléphonais toutes les semaines. La dernière fois, il n'avait plus la même voix et articulait avec peine. On s'est trompé en annonçant qu'il avait perdu la vie. En réalité, il en avait perdu plusieurs.

Charles Trenet

Il se faisait appeler « le fou chantant ». Or, il ne souffrait d'aucun dérèglement cérébral. Seulement d'une extrême méchanceté et de presque tous les vices. Dans sa villa des bords de Marne reconnaissable à sa façade bigarrée, il organisait des dîners de garçonnets qu'il photographiait en train de manger des bananes. Comme le marquis de Carabas, il possédait des demeures un peu partout. Très avare, il exigeait les plus gros cachets du showbiz, mais ne se fendait jamais d'un pourboire ni d'une aumône.

Il s'était fabriqué un personnage reconnaissable entre tous à l'aide d'un canotier (très différent de celui de Maurice Chevalier) et d'un maquillage outrancier qui lui rosissait le visage en gommant les stigmates de l'âge. Ses chefs-d'œuvre étaient généralement mélodiques car les paroles ne voulaient souvent rien dire : « Grand-père, vous oubliez votre cheval », « Il pleut dans ma chambre » ou la « Java des scaphandriers ». Il n'empêche que, durant les trois premiers mois de mon service militaire en Allemagne, toute notre chambrée fredonnait chaque soir « Revoir Paris » avant l'extinction des feux. Plus tard, je ne mettrai jamais le contact d'une voiture de sport sans égrainer les premières mesures de « Nationale 7 ».

Les rengaines ont disparu en même temps que Trenet. Seules subsistent la méchanceté et l'avarice.

Silvio Berlusconi

J'ai connu le sémillant satrape à l'époque où, pas encore Premier ministre italien, il s'intéressait de très près à l'audiovisuel français. Ses milliards de lires et son vaste domaine d'Arcore, où il vivait comme dans un harem, en avaient fait une figure de légende. À Paris, il s'était installé en haut des Champs-Élysées, dans un hôtel des Maréchaux, avec le projet de recruter les animateurs dont il ferait les fers de lance de la cinquième chaîne qu'il venait de racheter.

En fait, je ne l'ai approché que deux fois. La première, dans son bureau. À peine m'y avait-il fait asseoir qu'il prenait des nouvelles de ma petite famille, en citant les prénoms qu'il avait mémorisés :

— Comment vont Colette, Dominique et Nathalie ?

Une politesse que j'étais incapable de lui rendre, vu le nombre de ses épouses morganatiques. Il savait également tout de mon petit parcours, de mes différentes collaborations et des profits que me valaient des activités pas seulement audiovisuelles. Après quoi, il m'avait demandé de lui dédicacer mon dernier livre.

La deuxième fois, la rencontre eut lieu dans sa salle à manger, plus en tête à tête, car nous étions une douzaine d'invités à dîner. Un repas qu'il ne partagea pas car, tandis que nous bâfrions son caviar, il s'activait derrière les fourneaux. Après quoi, il s'installa au piano et nous régala en même temps de chansons et de pâtes napolitaines. Enfin, délaissant le piano, il passa des disques de slow et invita à danser entre les tables les consœurs susceptibles, elles aussi, d'être engagées.

Je n'ai jamais revu Silvio Berlusconi. Je n'ai pas travaillé pour lui. Mais j'en conserve un souvenir plus vivace que de certains employeurs réguliers.

Marcel Pagnol

Cet ancien professeur d'anglais devait sa renommée mondiale à la dramaturgie marseillaise à laquelle il avait ajouté des personnages aussi pittoresques que Marius, César et Fanny. Les triomphes de ses pièces de théâtre, le succès de ses films et de ses mémoires, lui avaient permis d'échanger sa casquette, qu'il portait sur la Canebière, contre un bicorne d'académicien. Il ne fallait pas le pousser beaucoup pour qu'au troisième pastis il avouât :

— Je suis riche comme un sorcier.

Dans sa thébaïde azuréenne où il vivait avec Jacqueline, la comédienne qu'il avait épousée, il faisait pousser des melons et fabriquait de l'huile d'olive. Mais sa véritable passion l'entraînait loin de son potager et des espaces d'où il faisait jaillir de nouvelles sources. Dans les recoins de son domaine de La Gaude, il tentait aussi – mais en vain – de reconstituer le légendaire « mouvement perpétuel » grâce à un mécanisme de son invention.

Charles Aznavour

À l'origine, il ne possédait rien – et il était le premier à le reconnaître – qui pût lui permettre d'accéder au vedettariat mondial. Son physique était plutôt ingrat. Son nez était tordu, jusqu'à ce qu'Édith Piaf lui offrît un redressement chirurgical. Sa taille culminait au-dessous de cent soixante-dix centimètres. Sa voix était naturellement éraillée. Son passeport était encore arménien. Toutes particularités qui ne l'empêchèrent pas de mener pendant plus d'un demi-siècle l'une des plus triomphales carrières internationales. Mais, outre un talent qui confinait parfois au génie, il possédait assez de caractère pour rembourser en câlins à Piaf ses frais de chirurgie, ainsi qu'un esprit plus vaste et mieux meublé que ceux des autres têtes d'affiche. Car il en savait beaucoup plus que les journalistes qui l'interviewaient sur les grands problèmes d'un univers dont il fut l'un des meilleurs chantres.

Il est sans doute l'un de ceux que j'ai le plus suivis, interrogés, admirés. S'il fallait une figure géométrique pour résumer son existence, je choisirais la mosaïque. Une mosaïque de femmes (Micheline, Évelyne, Ulla, mais aussi les admiratrices et dames de petite vertu assurant les repos du guerrier en tournée). Une mosaïque de chefs-d'œuvre : chansons, comédies musicales, films, livres. Une mosaïque de maisons : il faisait l'acquisition d'une nouvelle propriété presque tous les trimestres, les habitait rarement et les revendait souvent très vite, avec une dilection pour les refuges improbables, telle cette plage privée méditerranéenne avec cabine de bain et de douche où je le soupçonne de n'avoir passé qu'un quart d'heure.

Je conserve un souvenir ému et frustré de ses dîners qui se terminaient souvent, comme chez Bécaud ou Salvador, par une invitation à écrire les paroles d'une chanson, tandis que le maître de maison s'installait au piano. Eh bien, je l'avoue non sans regrets, quoique je ne croie pas avoir la plume coincée dans l'encrier, j'ai toujours été incapable de mettre des mots sur des notes.

François André

À notre première rencontre, il avait quatre-vingts ans, tandis que je n'en comptais que vingt-cinq.

Un demi-siècle après sa disparition, il demeure le plus vivant de mes défunts. Ce grand gaillard avait été un petit paysan de l'Ardèche, avant que sa stature et son bagout lui vaillent d'être engagé comme ordonnateur par une entreprise de pompes funèbres. Vêtu de noir et le chapeau à la main, il plaisait beaucoup aux clients, surtout aux veuves. Observateur attentif du milieu où il évoluait, il avait remarqué qu'à l'issue d'une inhumation, les familles avaient les yeux mouillés et la gorge sèche. D'où l'idée de prendre contact avec les bistrotiers installés à la sortie du cimetière. Moyennant un modeste intéressement, il amenait les assoiffés jusqu'à leur comptoir.

Le hasard avait placé sur sa route Eugène Cornuché, premier maître d'hôtel chez Maxim's. En allant le chercher chaque soir rue Royale, François André avait eu la révélation : la vie à grandes guides était plus prometteuse que la mort à bon marché.

Ensemble, les deux compères, désormais associés, avaient ouvert un petit hôtel en Belgique, le jouxtant quelques mois plus tard d'un tripot clandestin. L'ascension du pauvre Ardéchois ne devait plus s'arrêter, jusqu'à ce qu'il devînt l'empereur des palaces et des casinos.

Vêtu d'un blazer écarlate à boutons dorés, coiffé d'un large panama blanc comme d'une couronne, un parapluie bicolore en guise de sceptre, le souverain des tapis verts recevait chaque après-midi, dans un salon dit « des ambassadeurs », des hommages de fidèles fortunés qu'il appelait indifféremment « mon petit », qu'ils s'appelassent Rothschild ou Dupont (de Nemours).

Délégué auprès de lui par *Le Figaro* (notre clientèle était la même), je ne l'ai guère quitté pendant quelques années. J'admirais son aisance, à la fois relationnelle et financière. Il menait grand train. Non seulement il disposait d'un appartement dans tous ses palaces, mais encore il avait fait emplette à Paris, rue de Presbourg, soit tout à côté de l'Arc de Triomphe, d'un hôtel particulier où il empilait les uns sur les autres – sans jamais les accrocher – les tableaux qu'il achetait à tous les peintres démunis. Refusant de prendre l'avion tant que son vieux chauffeur ne remplacerait pas le pilote, François André se déplaçait par le train. Un wagon lui était alors presque entièrement réservé, les compartiments étant transformés en chambres à coucher, en dressing, en cuisine et en salle à manger où le servait son maître d'hôtel.

Collectionneur balnéaire, il avait racheté ou fait construire des palaces étoilés et des casinos somptueux à Deauville, à La Baule, à Biarritz, à Cannes, à Nice et j'en passe.

L'épouse de François André était une vieille dame charmante. Elle était modiste lorsqu'il lui avait passé au doigt une alliance dépourvue de diamants. Frappée de paralysie, elle faisait pousser chaque après-midi sa chaise roulante jusqu'à une table de roulette – par faveur spéciale car la loi interdit à un casinotier de jouer dans son propre établissement. François André se vantait cependant d'être le premier joueur de France. Bien sûr, il ne touchait plus une carte depuis qu'il avait cessé de « tailler » dans ses premiers cercles, mais il affrontait quotidiennement – par croupiers interposés – des milliers d'adversaires. Je me souviens que l'un d'eux, qui avait tout perdu, était venu se plaindre à celui qu'on appelait « l'Oncle » depuis qu'il avait fait venir de son village de Rosières le neveu dont il devait faire son héritier, Lucien Barrière :

— Monsieur André, ce n'est plus possible ! Chaque fois que je mise sur le rouge c'est le noir qui sort. Et quand je fais confiance au noir, c'est le rouge qui gagne.

— Eh bien, avait conseillé André, faites l'inverse et vous deviendrez très riche.

Lucien Barrière

Lucien Barrière, ingénieur agricole de formation, était passé des prairies aux tapis verts sans être aucunement assuré de son avenir.

François André, avant d'en faire officiellement son dauphin, l'avait longtemps observé, lui conseillant un jour publiquement de ne pas s'habiller aussi élégamment que ses clients.

Un matin, Lucien me téléphona :

— L'Oncle est mort cette nuit. Penses-tu que je devrais vendre sa Rolls-Royce ?

Lucien s'était marié avec Martha, une ancienne danseuse du ballet qui entourait sur scène Maurice Chevalier. De sa première union avec un joueur ruiné nommé Leriche, une fille était née : Diane, que Lucien avait adoptée. Après sa disparition, à la suite d'une intervention cardiaque dite des « ballonnets » qui avait mal tourné, elle avait pris en main la gestion de l'empire avec beaucoup d'intelligence et de succès. Hélas ! son sens de l'économie la faisait aller d'une station à l'autre à bord d'un avion monomoteur. Alors qu'elle se rendait de Saint-Tropez à La Baule, son avion, en panne de carburant, s'écrasa. Seule survivante, elle demeura invalide jusqu'à la fin de sa vie. Pendant les six années de sa survie héroïque, j'allai la voir chaque semaine. L'une de ses dernières décisions fut l'achat du Fouquet's, à Paris.

Aujourd'hui, c'est son mari, Dominique Desseigne, ancien notaire et champion du passage à l'acte, qui tient les commandes, avant qu'Alexandre, le fils que lui a donné Diane, prenne le relais. Ainsi, aucune goutte du sang du fondateur de l'empire ne coule-t-il plus dans les veines de ses successeurs.

Jean Yanne

Il avait reçu de la nature tous les dons, sauf cclui du bonheur. Alors qu'il faisait rire la plupart de ses contemporains, je le soupçonnais de pleurer en cachette.

Il avait suivi, comme votre serviteur, les cours du Centre de formation des journalistes, avant d'obliquer très vite vers le monde du spectacle. On identifiait ses films rien qu'à leur titre : *Moi y'en a vouloir des sous, Deux heures moins le quart avant Jésus-Christ, Tout le monde il est beau, tout le monde il est gentil*… Acteur, il avait décroché le grand prix du festival de Cannes, mais ne s'était pas déplacé pour le recevoir. En revanche, lorsque sa toison pileuse, assez touffue pour ne pas épargner un millimètre carré de son corps, lui avait valu le « Triomphe Angora » décerné à Saint-Tropez, il se fit longuement photographier, vêtu d'un simple string.

Avec les femmes, il ne fut pas toujours plus heureux. Celles qui le trouvaient beau ne l'intéressaient pas. Celles dont il s'amourachait faisaient des manières avant de céder à ses avances. Ainsi, la comédienne Nicole Calfan, sa plus grande passion, le fit-elle longtemps tourner en bourrique. Ses peines de cœur expliquent peut-être la crise cardiaque qui l'a emporté à soixante-neuf ans. Il a laissé à ses deux enfants son domaine de Morsains, mais, à ma connaissance, personne n'a hérité de son humour.

Paul Bocuse

Il avait toutes les raisons de se prendre au sérieux : les plus hautes décorations ; trois étoiles ; une renommée internationale et une dizaine de restaurants et de brasseries très fréquentés. Mais il était facétieux dans l'âme et considérait qu'à certaines heures le canular était aussi important que sa fameuse soupe de moules et son croustillant gâteau de foies de volaille.

Vers 2 heures du matin, nous quittions son auberge de Collonges-au-Mont-d'Or avec un tournevis. Après quoi, nous dévissions des plaques de rue pour les fixer aux murs d'autres artères. Paul se levait ensuite de bonne heure pour profiter de la stupéfaction, voire de la colère de ses voisins, qui ne savaient plus exactement où ils habitaient.

Autre particularité dont il parlait peu, quoiqu'il en fût très fier : Paul Bocuse vivait maritalement avec trois femmes. Une épouse et deux maîtresses qui s'entendaient parfaitement pour se partager le même grand homme.

Maurice Chevalier

J'ai commencé par me moquer assez méchamment du « chanteur au canotier ». Surtout lorsque, excipant de la publication de sept livres de mémoires intitulés *Ma route et mes chansons*, il avait posé sa candidature à l'Académie française, encouragé par quelques immortels facétieux. Puis, je pris sa défense et sans rancune il m'invita à La Louque, la propriété de Marnes-la-Coquette baptisée du surnom de sa mère. La demeure était un grand palais avec, au fond du parc, une petite maison où il logeait une jeune et tendre amie que ses visiteurs ne voyaient jamais.

Malgré son accent français à couper au couteau, « Momo » avait conquis l'Amérique. Les « tubes » – comme on ne les appelait pas encore – succédaient aux tubes et les films aux récitals qu'il donnait à guichets fermés. Se voulant également l'ambassadeur de son pays natal, il ne terminait jamais un spectacle sans entonner « Et tout ça, ça fait d'excellents Français ! ».

Bien qu'on lui eût fait une réputation d'avarice, Maurice Chevalier recevait somptueusement. On rencontrait chez lui moins d'artistes que de politiques et d'intellos auxquels il posait des questions parfois un peu naïves, mais toujours en rapport avec l'actualité.

Je l'ai revu pour la dernière fois sur les Champs-Élysées. Il relevait d'une grave maladie mais souhaitait que l'on taise les handicaps qu'elle avait provoqués. Ainsi, Félix Paquet – un fantaisiste de troisième ordre engagé comme secrétaire – m'avait-il assuré :

— Maurice va très bien, regardez comme il marche !

Or, en observant de plus près, j'avais remarqué que, placé derrière Chevalier, Paquet poussait ses pieds avec les siens…

Fernandel

Né Contandin, il n'avait eu qu'à allonger de deux lettres son prénom pour se fabriquer un pseudonyme d'artiste.

Lorsque j'étais gamin, mon école communale de la rue Turgot se situait à quelques dizaines de mètres de l'avenue Trudaine où il résidait quand il ne tournait pas un film ou ne jouait pas aux boules dans sa chère Provence. Comme il aimait beaucoup les enfants, nous pouvions l'approcher et bavarder avec lui. En fait, il parlait moins qu'il ne riait aux éclats.

Il devait sa principale singularité à un dentier, ancêtre du bridge, dont on n'a jamais su si sa pose avait été imposée par un problème stomatologique ou seulement par l'ambition de disposer d'une mâchoire reconnaissable entre toutes. Ainsi ne ressemblait-il à personne et possédait-il une élocution très particulière. Plus tard, quand je l'ai interviewé, je lui ai demandé s'il n'avait pas plusieurs prothèses selon qu'il était en famille ou en représentation, sans obtenir aucune réponse. Il m'avoua seulement que sa force comique et sa popularité compliquaient sa vie quotidienne :

— J'ai dû renoncer à visiter des amis malades à l'hôpital ou à assister à des enterrements. Dès qu'ils me voient arriver, fût-ce dans un cimetière, les gens se tiennent les côtes…

Alexandre de Marenches

De valeureux états de service dans l'armée avaient permis à cet authentique aristocrate d'occuper l'un des plus beaux postes de la République, sous la forme de la direction générale des services de renseignement.

Après une rencontre chez des amis communs, il m'avait incité à venir le voir dans son PC (très secret) du boulevard Mortier. Sur les murs de son bureau – aux dimensions de cathédrale –, une immense carte du monde précisait, à l'aide de petits drapeaux, les pays où résidaient ses « honorables correspondants ». C'est-à-dire, en termes moins choisis, d'un espion ou d'un informateur parfois bénévole. Sur sa table de travail, des téléphones de toutes les couleurs le reliaient directement à une douzaine d'homologues de pays pas toujours amis, mais qu'il s'enorgueillissait de tutoyer.

En principe, le grand manitou du Sdece rendait compte chaque mois de ses activités au chef de l'État. Il n'en fut plus ainsi avec Giscard, auquel la stature et le bagout de Marenches avaient déplu et qui s'abstint de le recevoir durant tout son septennat.

Sur la Côte d'Azur où il se faisait construire interminablement un petit palais, Marenches et sa comtesse logeaient dans un Algeco destiné aux ouvriers du bâtiment. Dommage qu'en dépit du temps libre que lui laissait sa retraite forcée, il n'eût pas accepté d'incarner son propre personnage, comme le lui proposaient des cinéastes américains…

Coco Chanel

Je suis encore tout étonné d'avoir pu côtoyer Coco Chanel car la célèbre couturière était un mythe invisible et inaccessible. Réfugiée dans un appartement de l'hôtel Ritz, elle n'avait que deux étages à descendre pour se retrouver dans ses ateliers de la rue Cambon.

Gabrielle de son vrai prénom, cette fille de marchands forains avait triomphé dans la mode en inventant le fameux petit tailleur à la veste gansée d'une chaîne qui devait séduire les élégantes du monde entier, à condition qu'elles fussent riches. Ce « deux-pièces » en toile valait aussi cher que six pièces en pierre Faubourg-Saint-Honoré.

Célibataire endurcie, elle avait refusé de devenir duchesse de Westminster, comme le lui proposait l'un des premiers ducs anglais, il est vrai déjà deux fois divorcé.

Toutes mes démarches pour la rencontrer étaient demeurées vaines, avant que Jacques Chazot – qui m'avait déjà ouvert nombre de portes très fermées – lui demande si je pouvais l'accompagner à l'un de ses déjeuners. Deuxième « Grande Mademoiselle » (après la duchesse de Montpensier), Coco était déjà très âgée. Mais Chazot raffolait à la fois des petits garçons et des vieilles dames que, tous les week-ends, il faisait valser gracieusement dans les salons de l'Hôtel de Ville de Paris. Alors qu'après un repas raffiné on servait le café, Coco vint s'asseoir sans façon sur les genoux de Jacques, qui lui caressait les cheveux en l'appelant « ma petite fille ».

Dans l'escalier, j'avouai à Chazot que je n'avais rien compris à son propos d'adieu :

— Elle m'a dit : « Venez me demander à manger, je vous enverrai mon mécanicien. »

Chazot traduisit aussitôt :

— Tu as dû lui plaire : elle a voulu dire que si tu revenais déjeuner chez elle, son chauffeur passerait te chercher.

Alain Bombard

Docteur en médecine et ministre de l'Environnement, mais plus connu pour avoir associé la navigation solitaire et le plaisir du même nom. J'ai recueilli de sa bouche le récit d'une traversée de l'océan sur un canot pneumatique en train de se dégonfler. Bombard avait échappé à la noyade en colmatant la brèche avec le meilleur de lui-même. Parvenu enfin sur la terre ferme, il donna son nom à des embarcations insubmersibles et entra au gouvernement.

Maurice Bessy

On le considérait comme un pape du Septième Art. Pendant trente ans, il avait dirigé *Cinémonde*, le grand périodique spécialisé. Puis, le ministre de la Culture l'avait nommé délégué général du festival de Cannes, sans lui faire perdre pour autant son goût des canulars. Ainsi avait-il obtenu de la direction de l'hôtel Carlton, pendant toute la compétition, la disposition d'un petit appartement sur la porte duquel il avait fait peindre en grosses lettres : « Service médical. » Après quoi il m'avait chargé, en même temps que quelques copains blagueurs, de recruter des « patientes ». Il s'agissait de jeunes filles – ou supposées telles –, appelées « starlettes », qui hantaient les couloirs du palace en quête d'un producteur et d'un premier contrat de comédiennes. On les repérait facilement à leur décolleté descendant jusqu'au nombril et à leur air particulièrement godiche. Le scénario, tourné en catimini dans le faux service médical, était aussi simple que cruel. Après leur avoir fait confirmer qu'elles souhaitaient « faire du cinéma », on les informait qu'avant de devenir des vedettes internationales, elles devraient être auscultées par un médecin local. Naturellement, elles acceptaient avec enthousiasme et reconnaissance ce prélude à une grande carrière. On les priait donc de se dévêtir complètement et de s'allonger sur la table d'examen, cernées par une demi-douzaine de faux internes. Après avoir promené son stéthoscope sur toute leur anatomie, Bessy annonçait aux futures Bardot qu'elles allaient avoir droit à un bout d'essai. Couchées sur le ventre, elles devraient poser avec une rose entre les fesses, tandis que des photographes multiplieraient les clichés soumis ultérieurement à de grands réalisateurs américains. Nous avions beaucoup de mal ensuite à garder notre sérieux, tandis que dans cette posture ridicule elles sollicitaient notre avis sur un talent généralement charnu.

Aujourd'hui, le dernier acte de cette comédie se jouerait en correctionnelle.

Mon petit monde

Philippe Clay

J'avais dix-sept ans quand je l'ai entendu pour la première fois interpréter « Le Noyé assassiné » sur la scène de la Taverne de l'Olympia où j'allais danser. Plus tard, quand je suis devenu journaliste, nous avons fait un long bout de route ensemble.

Il savait tout faire : chanter, naturellement, mais aussi mimer, jouer la comédie, bricoler et pratiquer l'astaciculture, c'est-à-dire l'élevage des écrevisses.

Un soir, il m'a téléphoné. Très calme et d'une voix reconnaissable entre toutes, il m'a dit :

— Pardon de te déranger, mais tu es mon plus vieil ami et je voulais te dire adieu car je vais mourir dans quelques heures.

Ultime et rarissime politesse d'un futur défunt.

Alain Delon

Mes rapports amicaux avec le plus grand séducteur du cinéma français ont été fluctuants, pour ne pas dire syncopés. Une irrégularité qui tenait à la fois à de longs tournages au bout monde, mais aussi à un caractère versatile.

Au début, lorsque nous allions déjeuner chez Maxim's, l'ancien commis charcutier, devenu l'idole des petites cochonnes, distinguait encore mal sa nouvelle vie et ses rôles. Ainsi, comme mon regard s'attardait avec curiosité sur la poche intérieure démesurément gonflée de son veston, m'expliqua-t-il que, se sachant menacé par des mauvais garçons, il sortait toujours armé. D'ailleurs, nous ne nous promenions jamais à travers Paris sans que, tous les cent mètres, il se retournât afin de vérifier qu'il n'était pas suivi. Les protections dont il s'était entouré et la distance qu'en dehors des mondanités professionnelles il avait prise avec ses contemporains l'avaient rassuré.

En fait, ce garçon connu de la terre entière, dont les hommes ambitionnaient d'être l'ami et que les femmes rêvaient d'avoir pour amant, ne supportait pas longtemps la compagnie. Encore très jeune, il avait pris ses quartiers de solitude à Douchy, dans un manoir du Loiret où il vivait avec des chiens collés à lui de leur vivant et enterrés dans une petite crypte spéciale après leur mort. De temps en temps, une dame, plus chanceuse que les autres, venait s'asseoir à ses pieds. Je ne citerai – afin d'économiser l'encre et le papier – que Brigitte Bardot, Dalida, Romy Scheider, Mireille Darc, Rosalie qui lui fit deux enfants et Nathalie, la seule à laquelle il donna son nom, peut-être parce qu'elle lui ressemblait étrangement.

Ma dernière rencontre avec Alain a duré plusieurs heures. Après un enregistrement des « Grosses Têtes », je l'avais emmené chez moi à des fins de grignotage et de bavardage. Après m'avoir gratifié de confidences aussi intimes que l'aveu de trois prières de sa façon adressées quotidiennement à plus divin que lui, il s'était montré exceptionnellement aimable, allant jusqu'à embrasser sur les deux joues tout mon personnel.

Depuis, je n'ai plus de nouvelles de lui que par les gazettes. Ainsi ai-je appris qu'il avait souffert d'un AVC. Un accident qui a mis un terme définitif à ses projets de retour au cinéma. J'ignore lequel de nous deux enterrera l'autre, mais je sais de qui on parlera le plus alors.

Georges Brassens

L'auteur-compositeur-interprète des « Bancs publics » était un personnage à facettes. À la fois poète inspiré et mélodiste inventif, ses « airs » étaient aussi complexes que s'il était sorti d'un conservatoire. Il s'accompagnait à la guitare sans pour autant mettre au chômage Joel, qui jouait du même instrument et qui a célébré le centenaire du maître en 2021.

Solitaire, misanthrope et mystérieux, n'accordant des interviews que dans les loges des music-halls où il se produisait, le grand Georges avait consenti, exceptionnellement, à me recevoir à son domicile. Un grand mot car il s'agissait d'une seule chambre que lui sous-louait la Jeanne à laquelle il avait consacré une chanson. Il vivait là simplement, faisant parfois sa cuisine sur un petit réchaud, entouré de ses disques et des livres des plus grands auteurs.

Profitant de l'aubaine, je lui avais demandé pourquoi il ne chantait qu'à Bobino (dont trente ans plus tard j'allais devenir le propriétaire). Jamais réponse d'artiste ne fut plus simple :

— Parce que je peux m'y rendre à pied.

Ses talentueuses rengaines continuent à me trotter dans la tête. Mais j'ignore toujours s'il n'avait partagé avec Jeanne que son modeste appartement, ce qu'il faisait de ses cachets confortables, de ses droits d'auteur considérables et à qui est revenu l'héritage.

Robert Lamoureux

Bien nommé, il passait le plus clair de ses loisirs à présenter ses hommages à des dames dont il ne baisait pas que la main. En d'autres temps, il serait demeuré toute sa vie comptable dans la société des Houillères de Kenadsa, mais à l'époque, c'est-à-dire après la fin de la dernière guerre, on avait un besoin urgent de nouveaux comiques.

C'est d'abord devant quelques copains qu'il avait testé ses petits monologues à l'enseigne de « Papa, maman, la bonne et moi ». Le succès était venu très vite et, avec lui, le soutien de votre serviteur qui en avait fait l'un de ses principaux invités. Au point de le considérer comme l'un de ses meilleurs amis. J'avais donc trouvé naturel de lui proposer une émission spéciale – un samedi soir, en « *prime time* », sur la plus grande chaîne de télévision – afin de célébrer ses vingt ans de carrière. L'idée lui avait beaucoup plu. Il m'avertit cependant que, très occupé la journée par le tournage d'un *Arsène Lupin* qu'il incarnait de façon très crédible et, le soir, par le théâtre où il avait repris le rôle créé par Sacha Guitry dans *Mon père avait raison*, il ne pourrait pas assister à toutes les répétitions. Je ne m'étais donc pas étonné de ne pas le voir durant la semaine où nous avions réglé les interventions qui devaient l'entourer. Pour lui faciliter la vie, j'avais loué – à grands frais – un hôtel particulier situé dans une rue adjacente à celle de son domicile. Trois jours avant la date fixée pour la « mise en boîte », je lui téléphonai :

— Robert, tout est prêt ! On n'attend plus que toi…

Hélas ! cela tombait très mal. Non seulement il avait accepté de donner une représentation supplémentaire, mais encore il était au bord de l'extinction de voix. Il souhaitait donc ne me rejoindre que la veille. La veille, il ne se dérangea pas davantage, mais me laissa un message où il me disait : « Nous nous connaissons bien tous les deux. Si je ne viens qu'à la dernière minute, notre dialogue gagnera en spontanéité. »

Le lendemain, mobilisation générale : les techniciens, les invités et le public chargé d'assurer l'ambiance. Eh bien ! nous ne vîmes pas plus Lamoureux que les jours précédents. Il n'était pas chez lui. Son téléphone était en dérangement. Le tournage fut annulé, l'émission déprogrammée et j'ai dû payer de ma poche tous les frais engagés.

Mon histoire s'arrête là car nous ne nous sommes jamais reparlé et je ne l'ai jamais revu.

Jean d'Ormesson

Il fut durant quatre-vingts ans le champion de toutes les réussites. Né avec un joli titre de noblesse, il y ajouta une agrégation de philosophie, un siège à l'Académie française, la direction du *Figaro*, un best-seller annuel et la fortune d'une épouse héritière d'un grand sucrier. En plus, il était la plus charmante, la plus simple et la plus drôle des sommités, alors qu'il aurait eu toutes les raisons de se prendre au sérieux.

J'avais noué à la longue avec lui des rapports très cordiaux ponctués de repas en tête à tête d'où j'émergeais ébloui. Aussi, lorsque, à l'instigation de Maurice Druon, d'Henri Troyat et de mon cher Jean Dutourd, j'envisageai de solliciter les faveurs de la vieille dame du quai de Conti, je m'empressai de l'informer par téléphone de mon ambition. Je n'oublierai jamais son fou rire à l'autre bout du fil. Quand il eut retrouvé son souffle, il m'interrogea :

— Est-ce que vous vous voyez vraiment avec une épée au côté et un bicorne sur la tête ?

Après avoir partagé son hilarité, je décidai de m'épargner le petit ridicule d'un échec qui eût été sans doute plus grand en cas de réussite. Consolation provisoire : je n'ai pas accédé à l'immortalité, mais j'aurai vécu très vieux.

Jean-Pierre Raffarin

Avec l'air d'être « monsieur tout le monde », il a été l'un de nos Premiers ministres les plus intellos. Il est d'ailleurs demeuré un commentateur très consulté de la chose politique, bien qu'il ne s'en mêle plus ostensiblement.

C'est lui qui m'a remis la Légion d'honneur une heure avant de quitter l'hôtel Matignon, afin de laisser la place à Dominique de Villepin, qui l'occupa beaucoup moins bien. Nous étions seuls dans son bureau. Un garde républicain déboucha une bouteille de champagne. Après avoir agrafé sur ma poitrine les insignes de chevalier, mon parrain me remit une enveloppe en me disant :

— C'est mon discours. Vous pourrez le lire chez vous à tête reposée.

En fait, ma boutonnière attendait le ruban rouge depuis un quart de siècle. J'avais commencé à l'espérer lors de la célébration de mon cinquantième anniversaire, dans les salons de l'Automobile Club de Paris. Mais Jean-Philippe Lecat, le ministre de la Culture qui présidait le dîner réunissant cinquante de mes amis, presque tous célèbres, m'avait fait comprendre que j'étais encore un peu jeune.

Par la suite, toutes les propositions me concernant furent retoquées par la Grande Chancellerie, pour le motif que la virginité de mon casier judiciaire laissait un peu à désirer : une condamnation (en appel car j'avais été acquitté en première instance) à mille francs d'amende – payée par TF1 – pour n'avoir pas coupé dans l'une de mes émissions de télévision une blague raciste de mauvais goût racontée par Vincent Perrot. Certes, j'avais senti le danger dès l'enregistrement en soulignant que la bonne histoire en question n'était pas très correcte. Mais j'aurais dû aller plus loin en la faisant disparaître.

Ainsi n'ai-je vu reconnaître mes minuscules mérites qu'à l'âge de soixante-quinze ans.

Les Pahlavi

Loin de moi la prétention d'affirmer que j'ai fait partie un temps de la famille du shah d'Iran. Si j'ai séjourné à Téhéran à l'occasion d'une naissance ou d'un mariage, c'est comme envoyé spécial du *Figaro*, à titre strictement professionnel.

La venue au monde d'Ali-Reza, en 1966, m'a mobilisé plus longtemps que prévu. Pendant deux semaines, alors que les gynécologues y perdaient leur Vidal, je me rendais chaque matin à la clinique où devait avoir lieu l'accouchement, afin de m'enquérir de la situation obstétrique. Au bout de quelques jours, je n'avais même plus à me présenter. Comme si j'avais été le futur père de l'enfant, on me lançait :

— Rien, toujours rien. Repassez demain matin.

En attendant, accroupis sur le marbre d'un grand hôtel, les représentants de la presse internationale participaient chaque soir à une « caviar party » qu'annonçait rituellement le plus âgé d'entre nous :

— Tous les fastes de l'Orient !

Puis des valets déposaient à nos pieds les plateaux d'argent sur lesquels étaient étalés les précieux grains noirs.

Après la naissance, je fus, comme tous les confrères, reçu par le shah comme je l'avais été déjà le jour de son remariage avec Farah Diba, épousée après la répudiation de Soraya pour cause de stérilité. À l'intérieur, le palais impérial était d'une richesse incroyable, avec ses plafonds hérissés de cristaux et son mobilier doré sur tranche. À l'extérieur, dans les fossés entourant la demeure, des sans-logis survivaient péniblement. Ce qui devait arriver arriva peu après. Une révolution balaya la dynastie fondée en 1925. Les Pahlavi s'exilèrent en Turquie, en Irak puis en Égypte, où le shah mourut.

Plus tard, j'ai reçu chez moi, à Cannes, le « petit shah » et son épouse, qui n'ont jamais régné mais qui étaient protégés comme des souverains en exercice. Et j'ai parfois joué aux cartes avec Farah Diba chez Robert-André Vivien.

Jean-Paul Belmondo

Dit « Bebel », dit « Risque-tout », il avait relevé tous les défis. D'abord, en devenant encore plus célèbre que son père, sculpteur de talent ; ensuite, en affrontant au cinéma, sans protection, les situations les plus périlleuses (suspendu par un fil et sans filet à un petit avion en plein vol !), sans se laisser doubler ; enfin, en accédant au titre envié de « chéri de ces dames » avec un visage de boxeur sonné.

Bien qu'il excellât dans tous les sports et incarnât les durs à cuire, il ne se déplaçait jamais – même lorsqu'il venait déjeuner chez moi – sans loger dans les manches de sa chemise deux petits bichons maltais.

Il a résisté pendant des mois aux séquelles d'un AVC. Jusqu'à ce que la mort, seule capable de le vaincre, ait le dernier mot.

Fernand Raynaud

On peut dire que les grands comiques constituent une espèce humaine à part. Non seulement ils n'ont pas le physique de tout le monde, mais leur réussite tient souvent à des défauts qu'ils ont su utiliser. Pour Raynaud, un nasillement qui lui eût interdit la parole dans toutes les autres professions, un petit doigt amputé, un mauvais caractère qui lui faisait injurier tout spectateur coupable de ne pas rire et une soif inextinguible qu'il étanchait entre deux sketchs, en coulisse, à l'aide d'une rasade d'alcool. Tant et si mal qu'un jour où il avait fait son plein en même temps que celui de sa Rolls-Royce, celle-ci s'écrasa contre le mur d'un cimetière.

Antoine Pinay

Il détient encore aujourd'hui, près de trente ans après sa disparition, la palme du gouvernant le plus populaire. Comme l'Ena n'existait pas, il n'était sorti que de la tannerie familiale avant de devenir Premier ministre. Parlant comme tout le monde, vêtu comme ses électeurs et coiffé d'un petit feutre mou devenu très vite légendaire, il avait tout pour être populaire au meilleur sens du mot. Tout le désignait pour passer de Matignon à l'Élysée, mais, sans doute retenu par la rumeur d'une liaison avec une très jeune fille, il ne se présenta pas.

J'allai le voir un jour dans sa retraite de Saint-Chamond. Un tour de la ville dont il avait été maire me fit prévoir qu'il y mourrait un jour d'ennui.

Michel Audiard

À ses débuts, il transportait à bicyclette des paquets de journaux fraîchement sortis de l'imprimerie et destinés à la vente à la criée ou aux petits libraires. Un vrai titi parisien, éternellement coiffé d'une vieille casquette qu'il n'abandonna jamais et qui maniait l'argot comme personne, tantôt en usant des plus anciens vocables, tantôt en inventant de nouveaux mots.

Les producteurs de cinéma ne mirent pas longtemps à s'aviser que, s'il était capable de faire parler les acteurs comme il s'exprimait lui-même, il ferait un excellent dialoguiste. Un pronostic vérifié par des succès si répétitifs qu'on montait des films sur son nom, avant ceux des réalisateurs et des vedettes.

Sa villa de Dourdan était devenue une usine. Il écrivait aussi rapidement qu'elles seraient proférées à l'écran les répliques qui réjouiraient les habitués des salles obscures.

Devenu son petit protégé, j'ai bénéficié pendant des années de sa gouaille et de quelques-unes des commandes qu'il ne pouvait pas honorer. Avec ce seul conseil :

— Fais dire aux comédiens n'importe quoi, pourvu que ça soit drôle !

Et puis, un jour où nous devions déjeuner ensemble, il me téléphona pour remettre notre repas à plus tard car il devait subir à l'hôpital des examens de routine. La semaine d'après, il avait disparu, terrassé par un cancer dont, malgré sa franchise coutumière, il ne parlait jamais.

Jean-Gabriel Domergue

Peintre le plus mondain du XXe siècle, apprécié pour la ressemblance de ses portraits (en particulier, celui de Brigitte Bardot) et pour la somptuosité de ses buffets (pas les toiles d'un artiste concurrent, mais les grignotages proposés à ses invités).

Aujourd'hui, on loue moins souvent son talent que la villa-musée qu'il a léguée à la ville de Cannes et qui accueille – contre finances – des réceptions plus plébéiennes.

Frédéric Rossif

Il était né au Monténégro, puis, bardé de diplômes, était venu tenter sa chance à Paris, où il avait révolutionné la télévision française. Doué d'une mémoire exceptionnelle, il se targuait de se souvenir des dix mille plans des films qu'il avait particulièrement appréciés. À quoi s'ajoutait une intelligence lui permettant de comprendre tous les sujets avant tout le monde, logée dans un crâne aux dimensions surprenantes qu'il évoquait en badinant :

— J'ai l'intention de léguer ma cervelle à la soupe populaire.

Line Renaud

Une sacrée bonne femme ! Deux images résument une existence au cours de laquelle elle a tout fait et tout réussi : sur la première, encore adolescente et en minijupe, elle fredonne « Ma petite folie » sur la plage arrière d'une camionnette conduite par Loulou Gasté, son parolier, son compositeur, son imprésario et son mari. Sur la seconde, vêtue d'une longue robe noire, elle troque le nœud qu'elle avait dans les cheveux contre la grand-croix de notre premier ordre national, la plus haute distinction qu'elle partage avec le chef de l'État. Quel parcours...

Omar Sharif

Il accumulait tant de succès féminins qu'on lui attribuait la paternité de la formule : « J'en pince pour Omar. » Une réputation qu'il démentait énergiquement, allant jusqu'à affirmer qu'aucune dame n'avait partagé sa garçonnière depuis dix ans.

Ses rôles à succès ne l'avaient pas enrichi longtemps. Ainsi avait-il laissé sur les tapis verts une bonne part du cachet alloué au « docteur Jivago ». Jusqu'à ce qu'un jour, lassé de perdre sa chemise lorsqu'il oubliait qu'il était aussi champion de bridge, il devînt l'actionnaire important d'un groupe de casinos.

À l'écran, il incarnait généralement les séducteurs pas forcément intellos. À la ville, il parlait cinq langues et ne se vantait jamais d'être à la fois détenteur d'une licence de physique et d'un diplôme de mathématiques.

Poiret et Serrault

Incontestablement, ils furent, jusqu'à leur bifurcation vers des carrières personnelles, nos plus fameux duettistes. Complémentaires et très différents, animés tous deux par la même ambition de se payer – parfois assez méchamment – la tête de leurs contemporains.

Jean Poiret était un bel homme bien habillé et raisonnable, quand il ne faisait pas son numéro comique. Michel Serrault, doté d'un physique plus commun et habillé à la diable, était atteint d'une vraie folie. Insomniaque chronique, il s'installait chaque nuit dans son jardin et jouait du cor de chasse. À la fin de sa carrière en solitaire, il n'hésitait pas, pour faire rire encore, à baisser son pantalon et à montrer ses fesses au public.

Jean Poiret avait épousé en premières et dernières noces Françoise Dorin (l'une des trois « filles à papa », avec Suzanne Gabriello et Perrette Souplex), laquelle devint, pendant quelques années, l'auteur dramatique le plus représenté en France.

Sheila

Sa carrière avait commencé très tôt, puisqu'elle était encore adolescente lorsque ses couettes étaient devenues célèbres. Puis elle avait épousé le chanteur

Ringo. C'est vers la trentaine que son existence s'assombrit et se compliqua à la suite d'un canular assez méchant monté par le romancier Gérard de Villiers. Dans les magazines à scandale où cet ancien journaliste reconverti dans le polar trimestriel avait conservé ses entrées, il avait « révélé » que Sheila était un garçon à sa naissance, allant jusqu'à faire état du témoignage d'une infirmière ayant assisté à l'opération. Depuis, l'inoubliable créatrice de « L'école est finie » a eu beau multiplier les démentis de sa voix la plus douce, les amateurs de chirurgie transgenre estiment toujours crédible la mutation.

Henri Krasucki

Il était le tout-puissant et très redouté secrétaire général de la CGT, à l'époque premier syndicat français. Un goût commun pour l'opéra nous avait rapprochés, au point qu'il me convia à déjeuner – un repas très bourgeois, servi par une soubrette en tablier blanc dans la salle à manger qui jouxtait son bureau. Après le dessert, alors que j'attendais le café, on plaça devant moi de nouveaux hors-d'œuvre, puis un plat de résistance. Krasucki s'étonna de ce deuxième repas. La réponse de la préposée nous fit éclater de rire :

— Monsieur Krasucki, quand vous m'avez dit qu'un journaliste serait votre invité, je vous ai proposé deux menus au choix. Comme vous n'avez jamais choisi, j'ai cru que vous souhaitiez les deux menus à la fois.

Pierre Joly

Il est le plus ancien de mes vieux amis. À dix-huit ans, lui déjà étudiant, moi encore lycéen, nous draguions les filles dans la salle des pas perdus de la gare Saint-Lazare. Souvent en compagnie d'Henri Virlojeux qui, fausse barbe blanche au menton et vraie canne à la main, jouait déjà à merveille les vieillards.

La vie nous sépara pendant un demi-siècle. Un jour, dans un cocktail bien parisien, un monsieur grave et décoré vint vers moi :

— Je suis Pierre Joly. Te souviens-tu de la gare Saint-Lazare ?

Il était devenu un grand notable du monde scientifique, à la fois membre (c'est très rare) de l'Académie de médecine et de l'Académie de pharmacie.

Désormais, nous nous téléphonons tous les mois.

Marcel Bigeard

Il avait fait ses premières armes dans la banque, avant d'obliquer vers une carrière militaire qui lui avait permis d'avoir plus d'étoiles sur ses manches qu'on en attribue aux meilleurs cuisiniers. Son expérience était immense et sa faconde inépuisable. Officier le plus décoré de France, blessé grièvement, il avait affronté sans faiblir les Viets, l'OAS et les journalistes de tous les pays.

Lorsqu'il fut nommé secrétaire d'État à la Défense nationale, je l'invitai au micro du journal de 13 heures que je présentais sur RTL. Manifestement, il était sur ses gardes. Mais notre entretien se déroula si bien qu'ensuite il me convia à boire un verre et qu'il me montra mon dossier, qu'il avait fait sortir des archives de son ministère :

— Si vous m'aviez agressé, me dit-il, j'aurais rétorqué que vous aviez beaucoup changé depuis votre service militaire, durant lequel vous aviez signé un petit bouquin intitulé *Comprendre l'armée.*

Claude Darget

Après une brève incursion dans la presse écrite sportive, il fut le premier présentateur du journal télévisé. Il officiait en chemisette, bras nus. Assis à son côté, un chien bâtard baptisé L'Arsouille auquel il avait appris à aller uriner sur les chaussures de Léon Zitrone, qu'il exécrait.

Rebelle à toutes les autorités, il affirmait son indépendance en installant trois jours par mois sa table de travail à la sortie du principal ascenseur de la première et unique chaîne. Ainsi pouvait-il prendre quotidiennement à témoin des dizaines de visiteurs de ses malheurs personnels et des injustices de la société.

Internet

Depuis dix ans, mon meilleur ami et mon plus proche conseiller. Grâce à des programmateurs dont j'admire la polyvalence, il sait tout sur tout. Si je l'avais connu plus tôt, j'aurais limité mes études à l'apprentissage de la lecture.

L'iPhone est mon autre copain. Avec lui, le dialogue est constant et universel. Je peux lui demander aussi bien l'heure que le nom du onzième pharaon. Mais il n'est pas encore capable de répondre à la question qui me taraude : l'intelligence artificielle sonnera-t-elle un jour définitivement le glas de l'intelligence naturelle ?

Madame Claude

De son vrai nom Fernande Grudet, la célèbre entremetteuse est sans doute la personne la plus convenable que j'aie interviewée à la télévision. Elle avait accepté mon invitation, à condition de n'apparaître qu'en ombre chinoise. Elle était arrivée, de surcroît, masquée, le cou enserré d'un de ces rubans de tissu blanc baptisés « je ne baise plus » lorsqu'ils étaient portés par des vieilles filles et les bras dissimulés sous de longs gants noirs. Si discrète que, n'ayant pourtant rien oublié, elle ne publia jamais de mémoires.

Elle se refusait à employer le mot « prostitution », fût-elle mondaine :

— Je présente seulement des jeunes filles à de vieux amis, disait-elle.

Expatriée aux États-Unis après quelques années de prison en France, durant lesquelles aucun de ses clients connus ne lui avait rendu visite, elle tenta – sans grand succès – de se reconvertir en ouvrant une boulangerie-pâtisserie où elle proposait des miches…

Louis Amade

Il était à la fois préfet de police en second et le premier des poètes. La journée, cravaté et autoritaire, il veillait à l'ordre public parisien. Le soir, col ouvert et détendu, il écrivait pour les plus grandes vedettes les paroles de chansons régulièrement promises au succès.

Un jour, il m'avait téléphoné :

— Je viens d'entendre un garçon plein de talent, auquel je prédis une belle carrière. Il s'appelle Silly, mais ne note pas son nom car je vais lui trouver un pseudonyme.

C'était Gilbert Bécaud, en compagnie de qui, quelques années plus tard, j'allais jouer au train électrique dans le petit pavillon situé au bout du jardin versaillais où il disposait du plus vaste réseau ferré miniature : des dizaines de mètres de voies avec signaux, gares et bruits afférents. Assis par terre, coiffé d'une casquette blanche et drapeau rouge à la main, Gilbert usait du sifflet pour donner le départ des convois et prenait des photos lorsque, parfois, se produisait un déraillement.

Dommage que son autre passion fût le whisky, qui finit par avoir raison de sa joie de vivre.

Tino Rossi

On peine à croire aujourd'hui que, voilà trois quarts de siècle, un petit bonhomme rondouillard et menacé de calvitie ait pu, par la seule magie d'une voix enrouée par la sieste, mettre toutes les femmes en transe. Comme, par fidélité conjugale ou par paresse, le Corse le plus célèbre après Napoléon ne répondait jamais à aucune avance, ses amoureuses, en quête d'un contact physique, se jetaient sous les roues de sa voiture.

Je le croisais parfois place Saint-Philippe-du-Roule où se trouvait notre banque commune. Un jour, je le trouvai plus pâle et plus lugubre que d'habitude. Il me confia alors sans rire :

— Je viens de consulter mon compte. Il vient d'atteindre dix millions tout rond. Je repars donc de zéro. C'est dur…

Jean-Edern Hallier

Il a laissé le souvenir d'un champion de la vantardise en affirmant à qui voulait l'entendre – et il y avait toujours du monde – qu'aucune femme ne lui résistait et qu'il était le plus grand écrivain français de tous les temps.

Seul, le sommeil le rendait modeste. Dans le train qui nous ramenait d'un festival littéraire, je l'avais vu s'endormir la bouche ouverte, comme un enfant… Le lendemain, j'avais assisté à une conférence de presse où il dézinguait les gouvernements. Toutes les institutions l'irritaient, en premier lieu l'Académie française après qu'elle lui eût refusé un fauteuil.

Il a trouvé la mort dans une rue de Deauville, alors que, complètement aveugle, il s'obstinait à circuler à vélo.

Raymond Devos

L'exubérance faite artiste. Il puisait sa force comique dans une opulence charnelle dépassant cent vingt kilos. À l'école du cirque, il avait appris à jongler, à exécuter des cabrioles, à jouer de plusieurs instruments de musique et surtout à faire le clown. Il était également équilibriste, prestidigitateur et dialoguiste, lorsqu'il ne s'écrivait pas des monologues.

Il vivait – souvent seul – dans une propriété à sa mesure, immense et colorée. La République, qui à l'époque n'avait pas honte de ses amuseurs, l'avait honoré comme un grand notable.

Jacques Mesrine

Ce bandit sanguinaire est sans doute le seul criminel à avoir été en même temps l'ennemi public numéro un et la coqueluche des médias.

Condamné à des peines de prison pour homicides et séquestrations, il s'était évadé. Réfugié dans une cachette que la police ne put jamais localiser, il donnait des interviews, commentait l'actualité et racontait ses crimes dans des livres à succès.

Dans plusieurs de mes chroniques, j'avais fustigé une société qui s'était offert un tel guide. Je n'y pensais guère plus lorsqu'un soir, mon téléphone sonna :

— Allô ? Ici Devos…

— Bonsoir, Raymond !

— Non, pas le comique, le commissaire.

Et j'eus droit en primeur à la nouvelle : Devos et son équipe venaient d'abattre Mesrine, porte de Clignancourt, après l'avoir reconnu dans sa voiture :

— Dans la poche de son veston ensanglanté, nous avons trouvé tout un dossier vous concernant. Votre portrait, les numéros d'immatriculation de vos voitures et la photo de votre villa du Vésinet. Nous en avons déduit qu'il vous suivait depuis un moment et que vous étiez sa prochaine victime.

Conscient du danger auquel j'avais échappé, je pris désormais des précautions. Pour aller du journal à mon domicile, je changeai sans cesse de trajet. Les portes de ma voiture étaient fermées à double tour. J'envisageai même de porter un gilet pare-balles. Avant d'avoir pu m'en procurer un, je fus l'objet, devant le portail de RTL, d'un tir de grenaille qui me cribla l'abdomen. Rien de grave. L'agresseur, arrêté quelques minutes plus tard, expliqua avant d'être interné que, pour le compte d'un parti d'extrême droite, je venais l'espionner dans sa chaumière d'un village du Doubs.

Je ne connais toujours pas ce département.

Régine

Régine vient de disparaître. J'étais son aîné de trois semaines. N'ayant jamais mis les pieds de ma vie dans une boîte de nuit, je ne l'ai fréquentée que durant la journée, où elle avait moins de charme et d'intérêts.

Un parcours à nul autre pareil : elle était passée de la soucoupe de « dame pipi » chez Castel à la caisse de vingt-cinq établissements portant son prénom à travers le monde. En devenant, en prime, une vedette de la chanson.

À ses débuts dans les travaux forcés nocturnes, elle avait eu une liaison avec Lucien Barrière, alors directeur des casinos de François André. Comme je m'étonnais de la formation d'un couple aussi improbable, Lucien m'avait expliqué :

— On va généralement au lit avec des personnes qui se couchent à la même heure que soi…

Alphonse Boudard

Mauvais garçon et bon écrivain, il avait mûri ses œuvres sur la paille humide des cachots avant de devenir un littérateur à part entière. Ses personnages de truands et de prostitués ne devaient rien à l'imagination. Ses histoires avaient le mérite du vécu. Quand le dialoguiste Michel Audiard s'était brouillé avec Jean Gabin, il avait pris sa relève avec succès.

Alors que la liste de ses livres était devenue plus longue que les méfaits figurant sur son casier judiciaire, la tuberculose l'a peut-être empêché de rentrer à l'Académie française.

Brigitte Bardot

Pierre Brisson, le directeur du *Figaro*, m'ayant un jour conseillé : « Si vous voulez vous faire connaître, moquez-vous de gens plus connus que vous », j'avais pris comme tête de Turc la vedette la plus célèbre, la plus belle et la plus intelligente. Régulièrement, dans mes chroniques de la presse écrite, mais aussi lors de mes interventions audiovisuelles, je la tournais en ridicule, à propos d'une phrase un peu naïve ou d'un nouvel amant.

Avec l'âge et la réflexion, le remords me vint. Au point de l'inviter aux « Grosses Têtes ». Sans rancune, elle accepta. Un petit événement pour le Tout-Paris de l'époque, le plus mémorable épisode d'un long parcours professionnel pour moi. Elle était toujours aussi belle et je n'étais plus méchant. Notre duo a très bien fonctionné. J'ai d'abord fait amende honorable pour tant d'attaques toujours injustifiées. Elle m'a répondu de façon spirituelle et, pendant quatre-vingt-dix minutes, j'ai pu lui poser – avec quarante ans de retard – nombre de questions sur sa carrière cinématographique et sur sa vie privée.

Le lendemain, je lui ai téléphoné pour lui exprimer ma gratitude. Puis, nous avons « échangé » (comme on dit aujourd'hui) de temps à autre. Jusqu'à ce que pour mon quatre-vingtième anniversaire elle m'adresse des vœux très drôles et calligraphiés d'une main très douée.

Je sais d'elle qu'elle est restée fidèle à sa Madrague de Saint-Tropez, qu'elle est toujours mariée avec quelqu'un dont on n'a jamais vu le visage, que ses inclinations politiques n'ont pas varié et que, bien que souffrant beaucoup des hanches, elle refuse de se faire opérer.

Merci, Brigitte. Et, encore une fois, pardon !

Pierre Dac

Il fut le plus suicidaire des humoristes. Par trois fois au moins, celui que le collabo Philippe Henriot avait calomnié sur les ondes de Radio-Paris souhaita vainement en finir avec la vie.

D'apparence sinistre alors qu'il était l'idole des amateurs de loufoqueries, sa spécialité, il avait fait équipe avec Francis Blanche pour les besoins hilarants d'un feuilleton radiophonique intitulé « L'assassin vient la bouche pleine », avant leur célèbre « Malheur aux barbus ! ». Il affublait ses personnages de patronymes rigolos : le colonel de Guerlasse ; le commissaire Poilauluc ; le docteur Léopold Sparadrap et le Sâr Rabindranath Duval. Il était également à l'origine de deux mots entrés dans notre vocabulaire quotidien : les « Chleuhs » et le « Schmilblick ».

Il a beaucoup contribué, sans le savoir, à ma déformation d'esprit. Mon cher père adoptif était l'un de ses fans. Chaque semaine, il nous lisait à haute voix *L'Os à moelle* que Dac avait lancé avec ce slogan : « Dans toutes les mains, un os. »

Les Grimaldi

Alors que leur dynastie remonte au XIVe siècle, je n'ai approché que les deux derniers princes de Monaco. D'abord, Rainier, qui m'avait admis dans son premier cercle et dont je ne doutais pas qu'il m'accordât un jour une naturalisation très convoitée (interdite, depuis, aux natifs de l'Hexagone). Jusqu'à ce qu'un soir, alors que je disputais une partie de poker dans un petit salon de l'Hôtel de Paris, un émissaire vînt me demander de rejoindre sans tarder le souverain dans son palais. Ma réponse, précisant que je n'étais pas à ses ordres, lui déplut. La réconciliation n'est intervenue que plus tard, à Paris, dans l'ambassade que la principauté y possède comme tous les autres États.

Son fils, Albert II, m'est apparu plus simple et plus décontracté quand nos assiettes ont voisiné pendant un repas au Club des Cent. J'ai admiré son pouvoir de séduction, ses performances olympiques et les tournées qu'il effectuait à travers son minuscule royaume à bord d'une limousine dotée de balises bleues clignotantes et encadrée de policiers motocyclistes.

Gina Lollobrigida

Elle demeure mon meilleur souvenir de casino. Déjà quinquagénaire mais encore très fraîche, elle avait délaissé le festival de Cannes pour m'accompagner à une table de roulette. Là, elle s'était installée en posant sur l'extrémité du tapis vert la généreuse poitrine lui ayant valu une célébrité mondiale et le plus approprié des pseudonymes. Ce qui avait incité le croupier de service à remarquer à mi-voix :

— Si le 36 sur lequel madame s'est appuyée sort, je ne pourrai pas lui payer 35 fois la mise…

Michel Polnareff

Il avait atterri un jour à Nice comme s'il venait d'une autre planète. Rolf Marbot, son imprésario, lui avait fabriqué un personnage d'extraterrestre. Ainsi, au premier repas pris en sa compagnie, nous demanda-t-il comme un service de lui apprendre à se servir d'une fourchette et d'un couteau.

Le futur auteur de la « poupée qui fait non » ne s'exprimait que par grognements et monosyllabes, mais il jouait déjà du piano en virtuose. Avec ses cheveux longs trop blonds et son pantalon-robe, il ressemblait à un travesti. Ses liaisons féminines étaient nombreuses cependant. Ayant recouvré l'usage du langage, il pérorait intelligemment sur tous les sujets.

Un jour, sans explications, il décida d'émigrer aux États-Unis. Puis il revint à Paris, mais pas par nostalgie de la capitale, puisqu'il s'enferma près d'un an – sans jamais en sortir – dans une suite du Royal Monceau.

Si je parle de lui au passé alors qu'il est toujours vivant, c'est parce que je ne l'ai plus revu depuis trois décennies. Je sais seulement de lui que, presque octogénaire et malvoyant, il s'affirme toujours plus fier de son corps que de son esprit.

Jean-Claude Brialy

Sous l'uniforme, ce fils de colonel était demeuré deuxième classe. Rendu à la vie civile, il avait conquis un à un les galons du vedettariat, avant de recevoir les plus grands honneurs. Homme de cœur, il avait offert l'asile de son château à Jacques Chazot, déjà très malade.

Familier des « Grosses Têtes » auxquelles il participa jusqu'à la veille de sa disparition, il m'avait dit, en découvrant qu'au cimetière Montmartre nos caveaux respectifs n'étaient séparés que de quelques mètres :

— Je saurai enfin où tu passes tes nuits...

Guy Béart

Un diplôme d'ingénieur et une voix cassée ne l'avaient pas empêché de devenir une vedette de la chanson, avec un talent très particulier qui lui permettait de traiter de sujets souvent graves au fil de mélodies originales et à l'aide de mots rarement employés dans sa corporation.

Après quelques années d'amitié, il s'était fâché sous prétexte que j'avais relayé une rumeur accréditant ses relations plus que cordiales avec Claude Pompidou. Une décennie passa. Nous nous retrouvâmes dans sa maison de Garches, une étrange demeure dont il avait dessiné les plans et dans laquelle il entreposait un fouillis croissant composé de tableaux, de disques, de livres, de vieilles coupures de presse et de courriers laissés sans réponses.

Pendant des années, il m'a téléphoné tous les matins pour évoquer l'actualité, ses détestations et ses engouements. Jusqu'au jour où, alors qu'il se vantait de posséder la plus belle chevelure du showbiz, il trépassa soudainement en se rendant chez son coiffeur.

Sophie Desmarets

À la ville, très raffinée marquise de Baroncelli ; à la radio, pétulante « grosse tête ». C'est-à-dire sacrifiant, à des heures différentes, tantôt au baisemain, tantôt à des plaisanteries parfois salaces. Mais aussi grand-mère modèle surnommée « mémé confiture » par ses petits-enfants. Excellente comédienne au demeurant, qui jouait rarement une pièce moins de deux ou trois ans. Bref, si intelligente et si cultivée qu'il lui fallait beaucoup de talents pour incarner des femmes ordinaires.

Jacques Martin

Il était aussi désespéré par la vie que doué par la nature. Il chantait à merveille, mais il aurait voulu être Caruso. Il jouait convenablement du piano, mais moins bien que Chopin. Il écrivait des petits sketchs très drôles, mais sans le génie de Molière. Enfin, il n'était pas Escoffier ni Bocuse, bien qu'il préparât de succulents petits plats dont nous nous régalions mais auxquels il ne touchait jamais.

À la télé, à la radio, sur les scènes et sous les chapiteaux, il attirait beaucoup de monde, mais toujours un peu moins qu'un chanteur à la mode.

Les dames ne lui résistaient jamais longtemps mais s'éclipsaient très vite. Son caractère s'était aigri. Sa santé s'altéra. Son cœur battait la chamade dans un torse rebondi qu'il prétendait « échappé trop tard à la statuaire antique ». Il finit par aller agoniser pendant plusieurs mois tout seul dans une suite de l'Hôtel du Palais, à Biarritz, profondément déçu par une société qui l'avait encensé mais pas suffisamment à son gré.

Dalida

Elle avait quitté très tôt l'Égypte – dont elle était la reine de beauté – pour venir tenter sa chance en France. D'abord mariée à Lucien Morisse, le très intelligent et très laid directeur d'Europe 1, elle avait ensuite fait entrer momentanément dans son lit autant d'hommes qu'elle avait enregistré de disques. Et pas n'importe lesquels, François Mitterrand en tête. Après l'avoir soutenu pendant sa campagne électorale de 1981 en distribuant des prospectus, elle avait été sa maîtresse.

Beaucoup plus futée que la moyenne des chanteuses, elle était, les nuits durant lesquelles elle ne « déroulait pas des câbles », comme on dit dans les studios, une championne de poker.

Elle s'est donné la mort à cinquante-quatre ans. Sans que l'on sache exactement si elle appréhendait les atteintes de l'âge, si elle ne supportait pas d'avoir été quittée par un compagnon ou par des fans, ou si elle n'attendait plus rien d'une vie qui lui avait déjà tout apporté.

David Lisnard

Je ne lui connais aucun défaut. Il est cultivé et modeste. Il est rapide et réfléchi. Il est sportif et intello.

Il a commencé par être maire de Cannes, réélu avec 88 % des suffrages, avant de prendre le relais de François Baroin à la présidence de l'Association des maires de France. Toutes charges qui ne l'empêchent pas de répondre dans la journée – et parfois assez longuement – lorsque je lui adresse un e-mail.

Si j'ai encore cinq ans de vie, sans doute aurai-je le plaisir de le voir s'installer à la tête de l'État.

Nadine de Rothschild

À quinze ans, elle levait la jambe dans le corps de ballet d'un music-hall. Quand je l'ai connue, elle était devenue baronne, richissime et convertie au judaïsme. Elle avait séduit Edmond de Rothschild en lui servant des spaghettis dans sa petite cuisine.

Je l'ai revue des décennies plus tard, ayant troqué sa vaisselle en carton contre des couverts en vermeil, dame d'œuvres et châtelaine à Pregny, au bord du lac Léman.

Alain Decaux

Nous habitions tous deux la banlieue ouest. J'ai dû aux désagréments d'une panne de voiture la joie de faire sa connaissance. Alors qu'en pleine nuit tous les automobilistes passaient sans se préoccuper de mes signaux de détresse, il s'était arrêté et m'avait déposé chez moi. Il s'ensuivit une amitié qui dura près d'un demi-siècle.

Ainsi ai-je pu assister, médusé et admiratif, à sa prodigieuse ascension : d'abord, historien populaire et scénariste de Sacha Guitry, dont il avait veillé sur l'hôtel particulier durant sa détention à Drancy ; ensuite, grande vedette de la télévision grâce à des monologues de près d'une heure où il évoquait, sans notes et sans prompteur, Louis XIV ou Napoléon comme s'il avait vécu avec eux ; enfin, académicien français, puis, par deux fois, ministre très apprécié.

Christiaan Barnard

Premier chirurgien à avoir tenté et réussi une greffe du cœur, il avait accédé en quelques semaines à une notoriété universelle. Invité de toutes parts, il avait choisi de venir à Paris. Or, on m'avait chargé non seulement de l'interviewer, mais aussi de le cornaquer dans tous les hauts lieux de la capitale qu'il souhaiterait visiter. Je m'attendais à l'accompagner sur la tour Eiffel, au musée du Louvre et à Notre-Dame. À côté de la plaque ! Barnard n'avait émis que le vœu d'assister à un spectacle du Crazy Horse Saloon. Bel homme et encore jeune, il s'intéressait presque aussi passionnément aux dames qu'à son métier.

À l'issue de la revue, la direction du cabaret nous offrit le champagne. Après quoi, Barnard exprima le désir d'aller faire un tour dans les coulisses. Une faveur rigoureusement interdite, mais comment refuser de satisfaire une célébrité apparaissant en couverture de tous les magazines ?

Nous pénétrâmes donc dans le saint des seins. Sans se préoccuper de notre présence, les stripteaseuses allaient et venaient dans leur plus simple appareil avant que le chirurgien obtienne l'ultime autorisation de pénétrer dans leur loge. D'où cette image dont je ne perdrai jamais le souvenir : la danseuse est toute nue, debout, tandis que Barnard a posé la tête sur sa poitrine pour écouter son cœur…

Robert Mitchum

Il était l'invité d'honneur du festival de Cannes lorsqu'il me fit la faveur de venir déjeuner sur la terrasse de la villa cannoise à l'enseigne de Katouchka que je venais d'acquérir sur la colline dite de la Californie.

On m'avait prévenu. D'abord, il ne parlait pas un mot de français, tandis qu'en dépit des sept années qu'avait duré mon apprentissage de l'anglais, je n'étais pas capable d'articuler une phrase dans la langue de Shakespeare. Ensuite, la patience et l'amabilité ne faisaient pas partie de ses vertus cardinales. Enfin, il buvait comme un trou. J'avais donc pris mes précautions : un traducteur contre la barrière des langues, et trois bouteilles d'un vieux bordeaux pour l'irrigation du gosier.

Or, alors que je faisais seulement semblant de vider mon verre et que le traducteur n'était pas plus alcoolique que moi, le nectar rouge vint à manquer. Alerté par la baisse de niveau de la dernière bouteille, Mitchum me fit savoir par interprète interposé que si son repas devait se terminer à l'*aqua simplex*, il s'en irait aussitôt. Je retrouvai une autre bouteille dans ma cave, mais c'était du bourgogne. J'eus alors l'idée d'appeler au secours mon vieil ami Paul Pacini, le grand-maître du Whisky à gogo. Quelques minutes plus tard, un motard déposait sur notre table une quatrième bouteille. Même cru, même année que celui qui venait de se tarir.

Une grande interview parue le lendemain, annoncée en première page du *Figaro*. Mitchum, qui se déclarait conquis par la France, avait répondu avec franchise et gentillesse à toutes mes questions. Il n'empêche que je revenais de loin…

Marcel Bleustein-Blanchet

Il avait tout réussi : une belle carrière dans la publicité ; la création d'une entreprise qui devait devenir la deuxième agence mondiale ; un beau mariage ; une conduite héroïque dans la Résistance ; une influence politique étayée par une mission de conseiller auprès du chef de l'État.

Il prodiguait également ses avis à Pierre Brisson, l'omnipotent directeur du *Figaro*. Ainsi est-ce lui qui, le premier, suggéra mon avancement.

Un après-midi de 1972 où je m'apprêtais à descendre les Champs-Élysées, ma voiture fut bloquée par les pompiers. Des tornades de fumée noirâtre s'échappaient du bel immeuble où Marcel avait installé Publicis. Je le rejoignis sur le trottoir. Impassible, il dissimulait son émotion. Quand les flammes atteignirent le dernier étage, laissant tomber jusqu'à nos pieds les débris incandescents de meubles et d'archives, il commenta sobrement :

— C'était mon bureau depuis vingt ans.

Le lendemain matin, à l'heure habituelle, l'agence reprenait ses activités dans un bâtiment voisin déniché au cours de la nuit.

Jusqu'à la fin de sa vie – et alors qu'il avait pris sa retraite –, j'ai eu le privilège d'un repas mensuel en tête à tête.

Qu'est-ce que j'ai pu déjeuner dans ma vie!... Le nombre de repas partagés avec des décideurs qui auraient pu m'alourdir jusqu'à l'obésité a seulement fait grossir mon capital relationnel.

Yves Montand

Ses succès artistiques et féminins ne lui avaient pas fait perdre sa méchanceté. Il jouait au poker non pas pour s'amuser, mais pour ruiner ses partenaires. Et je sais de quoi je parle, l'ayant parfois affronté, cartes en main, chez Georges Cravenne. Il ne s'adoucissait que lorsqu'on évoquait, fût-ce devant Simone Signoret, son idylle avec Marilyn Monroe.

Il appartint jusqu'au bout à la « gauche caviar », roulant carrosse trop vite pour s'arrêter devant un mendiant. Le Septième Art qui lui avait tout donné lui a tout repris, puisqu'il est mort pendant un tournage.

Pierre Cardin

Quand je l'ai connu, il venait de quitter son Italie natale pour une échoppe de petit tailleur parisien. À ce titre, il moulait (difficilement), dans des blazers de sa façon, le torse trop abondant de Marcel Achard. La clientèle du dramaturge avait rameuté d'autres pratiques célèbres. Ainsi cornaqué, Cardin était devenu un éléphant de la mode et l'égal des plus grands couturiers.

Homosexuel revendiqué, il avait vécu quelque temps avec Jeanne Moreau, la seule femme qu'il eût aimée et qu'il eût épousée si elle l'avait souhaité, ce qui ne fut pas le cas.

Sa fortune devait beaucoup à l'immobilier. Installé lui-même Faubourg Saint-Honoré, il y avait racheté des dizaines de boutiques en faillite. Sans toujours lever le rideau de fer, mais en engrangeant de confortables plus-values. Il avait également fait emplette d'un vaste domaine au bord de la Méditerranée. La réussite ne lui avait pas fait perdre une simplicité frisant parfois le misérabilisme : une planche posée sur deux tréteaux lui servait de table de travail. Son téléphone jonchait le sol. Pour mieux contrôler ses entreprises, il exigeait de signer lui-même tous les chèques, ce qui le mobilisait deux journées entières par semaine.

Il maniait encore parfois les ciseaux lorsque ceux des Parques coupèrent définitivement le fil qui, depuis près d'un siècle, le suspendait très au-dessus de nous.

Sylvia Bourdon

Bien formée par la nature, puis par l'université, elle avait été la première star du porno. Appréciant ses prestations et sa culture, je l'avais invitée à la télévision, assuré d'un témoignage de haute volée et de bonne tenue. L'entretien – en direct – s'était effectivement bien déroulé, lorsque je crus devoir le terminer par un satisfecit maladroit :

— En somme, madame, vous avez eu une vie bien remplie.

Mais ce fut elle qui s'appropria le mot de la fin :

— Oui, par tous les orifices…

À la suite de quoi, la direction de la deuxième chaîne me cantonna à la presse écrite et à la radio pendant quinze jours.

Salvatore Adamo

Il est mon Belge préféré, en raison de sa gentillesse naturelle, de sa voix feutrée reconnaissable entre mille et d'un charme auquel les dames – même, à ce que l'on disait, d'appartenance royale – n'étaient pas insensibles. Son plus grand succès avait été « Inch'

Allah », longtemps avant que l'on commence à stigmatiser l'islamisme.

Durant ses promenades à travers Paris, il usait d'une facétie assez originale. Quand un passant lui disait qu'il ressemblait à Adamo, il feignait l'agacement :

— Vous n'êtes pas le premier à me le dire. Ça devient lassant.

Un petit sketch réussi lorsque le passant finissait par lui présenter des excuses.

Jean Tissier

Il était le plus avachi des comiques mous puisant leurs drôleries dans la nonchalance et les bredouillis. Il avait le regard vague, l'élocution pâteuse et les gestes maladroits. Bref, il avait réussi à transformer ses défauts personnels en qualités professionnelles.

À toutes les demandes d'interview, il répondait : « Je ne présente aucun intérêt », ou : « Je n'ai absolument rien à raconter. » Sauf qu'il avait consenti à m'avouer :

— Si j'ai choisi d'être comédien, c'est parce que je savais que cela m'épargnerait la fatigue intellectuelle, puisque des dialoguistes m'écriraient tout ce que j'aurais à dire…

Jacques Brel

Autant que le génie, la tristesse figurait dans ses gènes. Plus il rayonnait sur scène, plus il s'assombrissait en coulisses. Il faut dire que la maladie et les femmes ne l'avaient pas épargné. C'est pour l'une d'elles – Suzanne Gabriello, dont il était amoureux fou – qu'il avait écrit le déchirant « Ne me quitte pas », sans la dissuader de trouver refuge dans d'autres bras.

Nous étions devenus assez amis pour souper ensemble, plusieurs fois par semaine, après son récital à l'Olympia. Un soir, il se fit plus grave que d'habitude :

— Je vais te donner ce que dans ton jargon on appelle un « scoop ».

Il observa quelques minutes de silence avant de préciser :

— Dans quelques jours, je vais tout quitter et me réfugier dans une île lointaine. On ne me reverra plus jamais.

Je tentai de le raisonner. N'était-il pas devenu la principale star de la chanson française, en même temps qu'une grande vedette de cinéma ? N'étudiait-on pas les textes de ses chansons dans les écoles ? Qu'importe, sa décision étant irrévocable et son billet d'avion déjà acheté. Je pouvais l'annoncer en priorité.

Je n'en fis rien, croyant à une déprime passagère. Deux jours plus tard, tous les journalistes – sauf moi – publièrent l'information.

Lino Ventura

Ancien catcheur, il avait quitté les rings pour les studios, où sa mine renfrognée et l'enflure de ses biceps l'avaient fait gratifier de l'étiquette « méchant musclé ».

Brutal devant les caméras, il était doux comme un agneau chez lui. Dans sa cuisine, le soir, il mettait encore plus d'application à préparer les spaghettis à l'italienne que, la journée à proférer des menaces qu'il n'eût jamais articulées gratuitement. Lorsque le scénario l'exigeait, il ne rechignait pas au corps à corps. Mais une clause ajoutée à tous ses contrats le dispensait – peut-être à la demande d'une épouse jalouse – de tout baiser sur la bouche.

Jean Lefebvre

Aussi joyeux compagnon que comique lugubre. Sachant que ses paupières tombantes et sa bouche tordue l'aideraient à déclencher l'hilarité, il s'était abstenu de chirurgie esthétique. Comme, par sympathie, on lui pardonnait tout, il ne cachait aucun de ses vices. Or, il était paresseux, menteur, coureur et joueur.

En avion, son comportement frisait l'insupportable. Alors que nous revenions d'un festival de

Cannes, et après avoir déploré à très haute voix que nous survolions à trop basse altitude le Mont Blanc, il signala plusieurs fois à l'hôtesse de l'air qu'un moteur ne lui semblait plus tourner rond. Jusqu'à ce que, lassée, la demoiselle revînt lui annoncer :

— J'ai prévenu le commandant. Il a arrêté le moteur qui vous inquiétait.

Mireille Mathieu

Longtemps, elle a figuré à la place d'honneur sur mon bêtisier. Tout m'était bon pour ridiculiser la petite Avignonnaise que j'avais surnommée « Nunuche » : les paroles de ses chansons, ses engouements politiques, les naïvetés de ses interviews. Je daubais sur ses amours supposées avec Johnny Stark, l'imprésario qu'elle appelait « mon tonton ».

Des décennies passèrent ainsi. Jusqu'à ce que j'aie la surprise de recevoir un jour une invitation à venir assister, dans un salon de l'Élysée, à la remise de sa rosette de la Légion d'honneur. J'y allai par curiosité, persuadé de me retrouver avec toute la presse française. Or, je le constatai avant même que le président de la République ne prît la parole, j'étais le seul journaliste et elle n'était entourée que de sa proche famille.

Depuis, je la vois d'un autre œil. Celui qui, hélas ! ne voit plus rien…

Jacques Perrin

Je l'ai vu pour la première et dernière fois sur la scène du théâtre Édouard VII, dont j'étais le secrétaire général. Il répétait *L'Année du bac*, de José-André Lacour, avec une demi-douzaine d'autres jeunes comédiens également promis à la réussite. Par la suite, j'ai entendu souvent parler de ses films et de ses actions humanitaires. Il était sans doute le seul contemporain dont personne ne pouvait dire du mal. Il vient de mourir à quatre-vingts ans sans avoir eu jamais l'air d'un vieillard.

Ma bibi-othèque

En sept décennies d'existence professionnelle, mon poids s'est accru de onze kilos et de soixante-huit livres. Les premiers ont été enrobés de vêtements plus ou moins à la mode. Les seconds ont eu le droit, parfois, à de belles jaquettes en cuir.

Dans cette « bibi-othèque » – comme je l'appelle pour distinguer la collection complète de mes petits ouvrages, que j'ai tous conservés, des œuvres incomplètes des grands auteurs que, faute de place dans ma dernière retraite, j'ai fini par vendre aux enchères –, je répertorie plusieurs catégories.

PREMIERS ESSAIS (sans rapport avec ceux de Montaigne) :

J'ai commencé à participer à la déforestation avec *Le Passions du dimanche*, une série de petits reportages assortis d'interviews sur les violons d'Ingres de grands chefs d'entreprise qui, durant leur jour de repos, satisfaisant davantage leur goût personnel, rompaient avec leur centre d'intérêt professionnel en se livrant à la musique de chambre ou aux arts plastiques. De petites réussites jusque-là très discrètes, parallèles à des grandes beaucoup plus connues et qui m'ont fait regretter de n'avoir consacré qu'au travail mes dimanches.

Puis *Les Champions du Loto*. Le Loto était en train de supplanter la Loterie nationale. Certes, les gros lots se limitaient encore à quelques millions (de francs), mais ils offraient déjà à de petits joueurs la vie à grandes guides, en même temps que les soucis inséparables d'une fortune tombée soudainement du ciel. Je veux parler des escrocs, des tapeurs, des placements hasardeux, mais également des dépenses aussi déraisonnables qu'ostentatoires et qui finissaient parfois par un retour à la pauvreté des richards d'une décennie.

SOUVENIRS DE PLUS EN PLUS LOINTAINS :

C'est-à-dire ceux qui échappent à la double érosion de l'oubli et des modes. En 1973, *Un oursin dans le caviar* a rameuté huit cent cinquante mille lecteurs. Les années suivantes, *Un oursin sur les tapis verts* a eu moins de chance et *Un oursin chez les crabes* n'a pas pincé autant d'amateurs d'indiscrétions humoristico-mondaines.

Les titres avaient le mérite de jouer avec les mots, mais le défaut d'occulter le propos.

Des grumeaux dans la passoire: on ne précisait pas sur la couverture que la passoire était la mémoire.

Quand j'ai commencé à broder, les haricots avaient encore des fils: la formule était originale, mais il fallait aller beaucoup plus loin que la couverture pour en comprendre le sens.

SUR NOTRE ÉPOQUE ET NOTRE SOCIÉTÉ :

Madame n'est pas servie: vadémécum des fonctions patronales et ancillaires. Du vécu, souvent plus agréable et plus accepté que celui d'aujourd'hui, mais ignorant le treizième mois, les congés payés et les limitations horaires.

Lettre ouverte aux marchands du temple: le phénomène perdure. Sauf qu'il y a de moins en moins de temples et de plus en plus de marchands.

Petits précis de sociologie parisienne, *Carnets mondains*: voilà un grand demi-siècle Paris s'enorgueillissait d'être aussi la capitale de l'élégance, du bon goût, de l'intelligence, du talent, en même temps que le lieu de résidence préféré de toutes les célébrités. C'est dire si le chroniqueur spécialisé dans les premières et les cocktails avait du grain à moudre.

Des femmes: en 2004, j'en avais répertorié soixante-dix-sept catégories différentes, s'agissant des caractères, de la vie sentimentale, des activités professionnelles et surtout des relations entre le sexe prétendu faible et les bipèdes pantalonnés que leurs démonstrations de force conduisent de plus en plus souvent aujourd'hui devant les tribunaux.

Tous des hypocrites sauf vous et moi : je me suis toujours évertué à ce que les lecteurs ne se sentent pas concernés par mes critiques, m'excluant du même coup des espèces les plus répréhensibles, mais en me solidarisant avec les citoyens les plus rançonnés d'une société où l'on est rarement seul dans ses poches.

Contribuables, mes frères : itinéraires vécus d'un corvéable à merci et d'un contrôlé durant toute une décennie.

Joueurs, mes frères : ils finissent aussi ruinés que les précédents, mais ils y ont pris plus de plaisir. Pour avoir appartenu à ces deux familles, j'ai payé cher mon information.

Journaux parfois intimes :

1992-1996, *1997-2000*, *2000-2003* : ces journaux méritent le nom de périodiques, vu qu'ils n'ont paru que trois fois en onze ans et n'ont employé que ma prétentieuse personne en qualité de directeur, de rédacteur en chef, de chroniqueur et de vendeur à la criée, lorsque je me chargeais d'en faire la promotion audiovisuelle. Outre lui-même, les personnages cités appartenaient à sa famille, à ses amis, à ses ennemis et souvent à ce que l'on appelait le « Tout-Paris ». Ils relataient des événements majeurs le jour même, oubliés le lendemain et citaient des célébrités n'ayant pas toutes – c'est un euphémisme – accédé à la postérité.

Un vrai « fourre-tout » à base de petites notes, de grands portraits et, naturellement, de pensées que j'essaime à tout bout de champ, comme s'il me fallait réaffirmer à l'usage des contemporains qui en doutent que je possède bien une matière grise.

À PROPOS DE MES « PARLOTTES » :

En concevant puis en présentant des milliers d'émissions de radio et de télévision, j'ai moins commis d'infidélités à l'égard de la presse écrite que je n'ai prolongé avec le bout de ma langue et en montrant le bout de mon nez des travaux forcés qui, longtemps, n'ont recouru qu'à l'imprimerie.

Inventaire très incomplet.

Voilà quarante-cinq ans, « L'Huile sur le feu » rassemblait une bonne part des qualités que l'on ne retrouve plus aujourd'hui qu'en ordre très dispersé. Son budget était des plus modeste, puisque seul le présentateur était rétribué ; les deux adversaires s'affrontaient à la fois méchamment et gracieusement ; les thématiques traitées étaient aussi éternelles et délicates que la peine de mort, les sondages d'opinion, la construction de l'Europe ou l'homosexualité.

Une décennie après ma première émission de radio (à destination de l'outre-mer), je m'étais déjà érigé dans les librairies en professeur. Mais mon cours était assez immoral, puisqu'il s'intitulait *Comment devenir animateur de radio sans se fatiguer*. En fait, c'était la découverte par un tâcheron de l'écriture de la facilité des interventions parlées avec une ambition qui a perduré : ouvrir les yeux à ceux qui ont déjà des oreilles.

UN SUJET DÉCONSEILLÉ :

De toutes parts on me mettait en garde contre la tentation de traiter les questions graves à l'aide d'une plume estimée trop légère. Principalement la mort dont de surcroît les libraires, les critiques et les confrères affirmaient qu'elle ne faisait pas courir les lecteurs dans le bon sens.

J'ai passé outre et j'ai eu raison. Grâce aux ventes de *Je suis mort. Et alors… ?*, de *Ma vie d'avant, ma vie d'après* et de *Les morts seraient moins tristes s'ils savaient qu'ils pourront encore se tenir les côtes en regardant les vivants*, j'ai pu mieux vivre pendant quelques mois.

LES AVEUX LES MOINS DOUX :

Ayant décidé une fois pour toutes de ne pas m'épargner, ainsi que d'étaler ce que j'aurais dû dissimuler, j'ai en les devançant – mine de rien – retiré le pain de la bouche à mes détracteurs, car l'autocritique désarme la critique. Au fil de *Pas de quoi être fier*, j'ai dit tout le mal que je pensais de moi-même et, souvent, un peu plus.

Moralistes à la petite semaine :

Culpabilisation supplémentaire : j'avoue avoir usé et abusé, jusqu'à en publier plusieurs milliers en quatre volumes, des « pensées et maximes », ces courtes phrases et aphorismes qui ambitionnent d'en dire plus long sur tous nos problèmes. À titre d'exemples :

« Faire comprendre des choses complexes à des gens simples frise l'abus de confiance. »

« Il vaut mieux avoir eu une Rolls que d'en posséder une. Les souvenirs, eux, ne paie pas d'assurance et on peut les aligner sans permis d'écrire. »

« Qui a dit que les absents avaient toujours tort ? Chez nous, on ne dit du bien des gens que lorsqu'ils ont disparu. »

« On ne doit jamais craindre d'avouer son ignorance car cette dernière suscite toujours des aides inespérées. »

« La médiatisation expose à tous les dangers. On ne gifle que les gens que l'on a reconnus. »

« Le plagiat constitue la seule preuve de culture d'un écrivain. »

« Tant que l'homme ne sera pas immortel, ses études constitueront pour la collectivité un investissement à fonds perdu. »

« Notre société aura avancé d'un grand tour de roue le jour où il y aura autant de voitures sans chauffeur que l'on recense aujourd'hui de chauffeurs sans voiture. »

MES ROMANS :

Ils sont en nombre plus limité que tous mes autres écrits. Sans doute parce que, professionnellement, j'ai moins donné libre cours à mon imagination que pratiqué l'observation.

Les cinq volumes relevant de ce genre un peu plus littéraire m'ont été cependant inspirés par le spectacle de mes contemporains et les aléas de l'actualité. Qu'ils s'agissent d'*Une pâle ordure* ou de *La Grinchieuse* (un vocable dont je revendique la paternité), j'ai pris pour modèles un méchant dirigeant de scène et quelques compagnes de mauvaise compagnie.

En chargeant davantage la mule que ces coupables d'âneries.

Mes « teufs-teufs »

Durant ma (courte) carrière de garçon de courses, je ne me suis déplacé qu'à vélo. Après quoi, tout le reste de mon existence – et ce sera encore vrai lorsqu'elle s'achèvera – a eu pour support quatre roues, rarement immobiles. Assez modestes au départ, beaucoup plus belles ensuite.

Si j'englobe sous l'appellation de « teufs-teufs » les quelques voitures exceptionnelles que j'ai eu le privilège de posséder, sans doute est-ce afin de minimiser l'orgueil de les avoir conduites et la jalousie qu'elles pouvaient provoquer.

Au total, pendant près de soixante-dix ans, ce sont environ deux cents véhicules de toutes couleurs que j'ai possédés : noirs, blancs, gris, bleus et, pour les plus rapides, rouge vif. De toutes les marques, de toutes les cylindrées, de toutes les formes. Avec deux portes, quatre portes, un hayon. Des décapotables aussi somptueuses que des landaus princiers, des limousines aussi longues que des autocars. De petites ou grosses merveilles assorties d'une profusion de gadgets afin de personnaliser jusqu'à l'excès ces « résidences secondaires roulantes ».

À l'extérieur : un avertisseur sonore sur deux notes (interdit aujourd'hui), un petit drapeau tricolore pour les escapades à l'étranger, des roues ouvragées, des rétroviseurs gros comme une tête de bébé.

À l'intérieur : la radio, la télévision, une chaîne hi-fi, deux téléphones (afin que la secrétaire accompagnatrice puisse dire : "Monsieur est occupé sur l'autre ligne"), une tablette de travail actionnée électriquement, un enregistreur, un réfrigérateur recelant boissons et grignotage. Le tout complété d'une séparation vitrée isolant le chauffeur et de petits rideaux en velours que l'on fermait lorsque, revenant la nuit d'une représentation ou d'une conférence, la banquette arrière se transformait en lit douillet.

Une accumulation certes souvent pratique, mais assez ostentatoire pour friser le ridicule et afficher un train de vie qui, quelques décennies plus tard, m'eût condamné au pilori social. Les voitures m'auront coûté presque aussi cher que les impôts, alors qu'ils étaient plus modérés que les « retenues » actuelles.

Je reconnais que ma passion pour la vitesse, encouragée par l'absence de limitations, s'est quelque peu réduite en 1955 à la suite de l'hécatombe à laquelle j'assistai, heureusement d'un peu loin, aux 24 Heures du Mans. Un bolide, sorti de la piste, avait massacré quatre-vingt-quatre spectateurs et blessé cent vingt autres, agglutinés dans le virage réputé le plus dangereux.

Au volant de ma Testarossa, puis, surtout, de la F40, je me prenais pour Fangio. Je suis devenu vraiment raisonnable au lendemain d'un aquaplaning qui, sur l'autoroute du Nord, m'avait fait passer en quelques secondes, et sans que je l'eusse souhaité, de la voie de gauche à celle de droite. Dans les jours qui suivirent, conscient que sa carrosserie surbaissée la rendait mortifère dès qu'il pleuvait, je décidai de revendre ma très chère F40.

Un an plus tôt, je l'avais rachetée pour une somme astronomique au bénéficiaire d'une « sortie d'usine ». Après quoi, l'engouement suscité par les ailerons confortant son aérodynamisme et ses performances sur les circuits du monde entier avaient momentanément dopé sa valeur. J'étais donc en droit d'espérer qu'en me séparant d'elle j'empocherais plus que je n'avais déboursé.

Pas de chance ! Vingt-quatre heures après avoir trouvé un acquéreur, la petite merveille fut volée dans le garage de ma villa. Un gardien malhonnête avait remis les clés à un repris de justice connu pour faire passer la frontière italienne aux véhicules dérobés. Or, la F40 était trop visible et son larcin trop médiatisé. Elle demeura donc cachée dans un sous-sol de Grasse pendant six semaines, jusqu'à ce que les gendarmes la retrouvent et me la restituent à l'issue d'un vin d'honneur très sympathique.

Hélas! durant ces six semaines et pour une cause qui n'a jamais suscité aucune explication, les cours s'étaient effondrés. Bref, au lieu de gagner 20 %, je les ai perdus. Quelques jours après sa livraison, j'ai eu de ses tristes nouvelles. Elle avait explosé dans le garage où son nouveau propriétaire – un dentiste bordelais – avait imprudemment tenté de faire une soudure près du réservoir de carburant.

Je serais coupable d'ingratitude d'abord, d'amnésie, voire de dissimulation, si je taisais ma dilection pour les décapotables avec, à la clé (de contact), plusieurs motivations : la possession de deux véhicules en un seul, une meilleure vision de l'environnement par le conducteur et du conducteur par les passants, par beau temps, un bronzage assuré sans aller à la plage. Mes premières décapotables relevaient du bas de gamme, mais les dernières furent des Rolls-Royce. Que je sois assis à côté du chauffeur ou sur la banquette arrière, mes balades sur la Côte d'Azur ne passaient pas inaperçues.

Entre vingt-cinq et trente-cinq ans, j'avais beaucoup sacrifié à la mode dite des « belles américaines » : des Chevrolet, des Mercury, des Pontiac, des Chrysler, des Thunderbird, des Studebaker, des Oldsmobile, des Buick et des Cadillac. D'énormes machines, très confortables, pas très nerveuses et perpétuellement assoiffées d'un combustible encore bon marché.

J'ai eu des italiennes (Lamborghini Miura, Ferrari), des anglaises (Jaguar, Bentley et Rolls), mais jusqu'à l'an 2000 aucune allemande, afin de ne pas raviver les cruels souvenirs de l'Occupation et de la Shoah. Jamais de moto non plus, depuis qu'au début de mon service militaire, on me fit enfourcher une Harley Davidson de 750 centimètres cubes où j'avais l'air, paraît-il, d'un crapaud sur une boîte d'allumettes. Une épreuve d'autant plus cauchemardesque que l'on avait volontairement omis de me préciser où se trouvait le frein. Je dus tourner dans la cour de la caserne jusqu'à la dernière goutte d'essence.

Les « petites françaises » ne sont pas absentes de mon florilège : des Peugeot, des Simca, des Citroën, qui m'ont permis de conduire les premières DS. Cependant, la « bagnole » qui m'aura donné le plus de plaisir était paradoxalement la plus vieille et la moins raffinée. C'était une Renault Celtaquatre de 1946. Sa boîte de vitesses était assez fatiguée, son moteur poussif dans les côtes et ses sièges pas très rembourrés, mais ce fut la première d'une longue collection et, en 1953, elle assura mon voyage de noces de Paris à Chartres et retour en compagnie de la dame à laquelle est dédié ce bouquin.

Cette revue de détails que j'aurais pu intituler « sur huit cents roues ». J'avoue que j'ai roulé au-dessus de mes moyens en faisant la fortune des concessionnaires et des garagistes. Un bilan toutefois positif :

sept décennies de bonheurs partagés car, même s'ils étaient plus rares dans les voitures de sport, les passagers n'ont pas manqué. Sept décennies de reportages, de promenades, de week-ends, de vacances et d'imprudences auxquelles j'ai miraculeusement survécu.

Je dois exprimer ma reconnaissance outre à Joseph Cugnot, inventeur de la première automobile à vapeur, aux autres conducteurs qui ont su m'éviter et aux obstacles qui se sont dérobés avant que je les percute.

Mes lacunes

Avec mes lacunes, mes carences, mes ignorances, mes manques et mes échecs, on composerait un plus gros livre que celui que vous venez de feuilleter et au travers duquel j'ai étalé – immodestement – ce que je n'ai pas raté. Pour limiter ma honte, je me contenterai d'un résumé.

Voici donc la liste des activités ou des connaissances n'ayant pas plus meublé mes agendas qu'alourdi ma matière grise.

Le dessin.

La peinture.

La musique.

Le chant.

Les mathématiques.

La physique.

La chimie.

L'économie (pas plus au singulier qu'au pluriel).

Les langues étrangères (sauf le latin, qu'on ne parlait déjà plus que dans les presbytères interdits de fréquentation pour cause de laïcité).

Les sciences naturelles.

L'astronomie.

La géographie.

La cartographie.

Le droit romain.

La philosophie (trois échecs au bac m'ont évité la migraine).

Les voyages (pas mieux qu'une valise).

La cuisine (au début de mon mariage, ma femme s'étant absentée pour « aller voir une vieille tante en province », je me suis nourri exclusivement de biscuits secs pendant trois jours).

L'allumage du gaz (bien avant que Poutine ne nous le coupe).

L'épluchage (plutôt des textes que des légumes).

Le lavage (limité aux mains).

Le jardinage.

L'arrosage.

Le ménage.

Le ravaudage.

La lessive.

La couture (même d'un bouton de culotte défaillant).

Le cirage de chaussures (les miennes et celles des gens importants).

Le bricolage (j'ai planté quelques contemporains, mais jamais un seul clou).

Toutes les baballes (foot, rugby, basket, tennis, pétanque).

La natation.

La marche (sauf jusqu'à un stationnement généralement frappé d'amende).

La pêche.

La chasse.

Le cyclisme (sauf quand j'étais garçon de courses).

La maintenance automobile (plein de carburant, vérification du niveau d'huile, remplacement des bougies, gonflage des pneus, changement de roues, dépannage, lavage du véhiculc).

Le réglage de ma télévision.

La recharge de ma radio.

La machine à écrire.

L'ordinateur.

L'envoi et la réception d'e-mails.

L'initialisation de mon iPhone.

Le baisemain (pour cause de rhume des foins chronique).

Et ce n'est pas à quatre-vingt-treize ans que ça s'arrangera !

Vifs remerciements !

Au moment où ce livre sortira des presses, je ne serai pas loin d'entrer dans ma quatre-vingt-quatorzième année. Parvenu presque au terme d'un petit parcours n'ayant rien d'exceptionnel car il n'a pas changé la face du monde mais seulement permis d'entretenir plutôt convenablement une petite famille, je n'ai plus guère d'autres envies que d'exprimer ma gratitude :

– à ceux qui m'ont aimé ;

– à ceux qui m'ont aidé ;

– à ceux qui m'ont supporté ;

– à ceux qui sont partis en week-end ou en vacances pour m'offrir la chance de les remplacer.

Sans oublier mes ascendants :

– un arrière-grand-père à longue barbe blanche qui m'a fait cadeau de mes premiers livres ;

– un grand-père maternel qui m'a appris à jouer aux échecs ;

– des grands-parents paternels déportés à Auschwitz ;

– une grand-mère maternelle que la polio avait condamnée au fauteuil roulant ;

– une maman qui m'a élevé courageusement en faisant suivre son labeur quotidien d'opticienne par des leçons de piano à de petites bourgeoises (d'où ma détestation de la « Marche turque » de Mozart) ;

– un très cher papa adoptif qui a pris le relais d'un père biologique m'ayant abandonné trois jours après ma naissance en emportant les bijoux de ma mère, ce qui m'a valu le privilège de pouvoir assister au remariage de cette dernière ;

– Colette, ma tendre épouse qui, depuis 1953, veille sur moi (souvent plus tard que de raison car elle est insomniaque) ;

– mes deux filles : Dominique, qui a quitté la publicité pour me seconder aux « Grosses Têtes », et Nathalie, qui a troqué tardivement le journalisme contre l'immobilier (si toutes les deux sont restées célibataires, c'est qu'elles n'ignoraient pas mon allergie au port de la jaquette) ;

– Hadrien, l'aîné de mes petits-fils, banquier dans la Silicon Valley et naturalisé citoyen américain après avoir épousé Marie, une jolie Californienne ;

– Hugo, designer diplômé de l'Ensi, architecte d'intérieur ;

– Théo, chercheur à la Salpêtrière, diplômé de physiologie et de l'École supérieure de commerce de Paris ;

– Lancelot, restaurateur ;

– Jack et Luc, mes arrière-petits-fils, tous deux surdoués ;

– Jacky qui, pendant quarante ans, a cuisiné les petits plats chargés de rendre mes invités plus loquaces ;

– Ilana Rappa, aimable dépositaire de mes ultimes dictées ;

– Toutou, le petit york que je considère comme mon « fils à poils » (me quitte peu la journée, dort entre mes pieds la nuit et sur mon oreiller le matin).

Sans doute dois-je ma longévité à l'affection de mes proches, mais aussi à la distance que j'ai prise très tôt avec l'alcool (une seule cuite au Cointreau à dix-neuf ans !) et avec le tabac en jetant au feu mes cartouches de cigarettes le jour où j'ai enterré Gérard Sire, génie de la radio et mon meilleur ami, décédé d'un cancer des fumeurs.

Le grand âge ne m'a pas pour autant épargné. Non-voyant et malentendant, je fais désormais partie des handicapés. Une façon de vous informer que ce soixante-neuvième livre sera vraisemblablement le dernierou l'antépénultième.

J'hésite donc encore entre l'adieu et l'au revoir.

Table

DU MÊME AUTEUR

(suite)

Joueurs, mes frères…, Robert Laffont.
Journal de Bouvard 1997-2000, Le cherche midi.
La Belle Vie après 70 ans, Albin Michel.
Auto-psy d'un bon vivant. Journal, 2000-2003, Le cherche midi.
Des femmes, Flammarion.
Mille et une Pensées, Le cherche midi.
Tout sur le jeu, Flammarion.
Portraits pour la galerie, Albin Michel.
Je suis mort. Et alors?…, Flammarion.
Ma vie d'avant, ma vie d'après, Flammarion.
Le Bourgeois théâtreux, Flammarion.
Je crois me souvenir… 60 ans de journalisme, Flammarion.
Les morts seraient moins tristes s'ils savaient qu'ils pourront encore se tenir les côtes en regardant les vivants, Flammarion.
Bouvard de A à Z, Flammarion.
Gaston et Gontran, roman, Flammarion.
Bonsoir Madame! Bonsoir Monsieur! , Flammarion.
Mes dernières pensées sont pour vous, Flammarion.
Quand j'ai commencé à broder, les haricots avaient encore des fils…, Plon.
Des grumeaux dans la passoire, Plon.
On s'en souviendra! , L'Archipel.

DU MÊME AUTEUR

CHEZ LE MÊME ÉDITEUR

On s'en souviendra !

« C'était en septembre 2020, à l'orée de la deuxième vague. Entre deux confinements, j'avais retrouvé le chemin des tapis verts. Ce qui devait arriver arriva. Au lieu de toucher le jackpot, je contractai la souche historique du coronavirus…

Les familiers se firent plus distants et les visiteurs plus rares. J'avais l'impression d'être un pestiféré bien portant. Voire un cadavre encore capable de se tenir les côtes. Depuis, j'ai repris le chemin des casinos. Un grand merci à la providence qui m'a laissé le temps de devenir gâteux et de mourir d'autre chose que du covid ! »

Il n'y a pas d'âge pour faire de faux adieux. Sauvé par son appétit de vivre et sa contagieuse bonne humeur, « Philippe le Bavard » a donc rempli son carnet d'anecdotes, de réflexions et de choses vues au cours de cette folle période.

Espiègle chroniqueur, il livre ainsi sa « relation humoristico-polémique de notre calvaire viral », posant un regard mordant sur la gestion politique de la crise – comme sur les absurdités du « monde d'après ».

« Un abécédaire hilarant. Tout le monde
en prend pour son grade. » (*VSD*)

ISBN 978-2-8098-4256-2 / 208 pages / 17 €

Cet ouvrage a été composé
Par Atlant'Communication

Impression réalisée par
CPI France
en octobre 2022
pour le compte des Éditions de l'Archipel
département éditorial
de la S.A.S. Écriture-Communication.

Imprimé en France
N° d'impression : 3050505
Dépôt légal : octobre 2022